八十年代文学批评研究

安静 著

中国书籍出版社
China Book Press

图书在版编目（CIP）数据

八十年代文学批评研究 / 安静著 . -- 北京 : 中国书籍出版社 , 2020.12

ISBN 978-7-5068-8240-8

Ⅰ . ①八… Ⅱ . ①安… Ⅲ . ①当代文学－文学评论－理论研究 Ⅳ . ① I06

中国版本图书馆 CIP 数据核字 (2020) 第 254355 号

八十年代文学批评研究

安　静　著

图书策划	成晓春　崔付建
责任编辑	武　斌
责任印制	孙马飞　马　芝
出版发行	中国书籍出版社
地　　址	北京市丰台区三路居路 97 号（邮编：100073）
电　　话	（010）52257143（总编室）（010）52257140（发行部）
电子邮箱	eo@chinabp.com.cn
经　　销	全国新华书店
印　　刷	阳谷毕升印务有限公司
开　　本	650 毫米 ×940 毫米　1/16
字　　数	254 千字
印　　张	13
版　　次	2021 年 2 月第 1 版　2021 年 2 月第 1 次印刷
书　　号	ISBN 978-7-5068-8240-8
定　　价	45.00 元

版权所有　翻印必究

目录

绪　论 / 001

【第一章】
八十年代文学批评的四种主要的观念形态

第一节　社会学批评 / 017
第二节　文化心理批评 / 030
第三节　审美批评 / 048
第四节　形式批评 / 063

【第二章】
八十年代文学批评主体群落的社会学研究

第一节　代际构成：
　　　　　共同经验·精神构造·时代意识／083
第二节　"既成权威"的老一代批评家／088
第三节　转型中的中年批评家／100
第四节　新一代青年批评家／113

【第三章】
文学批评与文学生产

第一节　从道德到审美／131
第二节　推动与庇护／146
第三节　同步与整合／159
第四节　唤醒与照亮／175
结语："开着许多窗子的一幢房子"／195

后　记／198

绪　论

作为当代文学发展过程中继往开来又具有明显的阶段性特征的二十世纪八十年代文学，一直是批评与研究界关注的热点，然而，同样作为当代文学批评历史中重要而具有独立阶段特征的二十世纪八十年代文学批评（以下简称为"八十年代文学批评"），却一直未能得到全面认真的清理和研究。基于这样一种状况，本书将八十年代文学批评的历史、观念、主体构成以及对于同期文学生产的作用，纳入一个整体中来予以系统考察，应具有较充足的理由与意义。

一、研究的可能与意义

之所以对八十年代的文学批评进行"断代式"研究，是因为它确有相对独立之处，正如有评论家指出的，"二十世纪八十年代并非一个单纯的时间段落——至少，二十世纪八十年代的中国文学是一个相对独立的文化单元。"① 同样，此时期的文学批评

---

① 南帆. 八十年代：多义的启蒙 [J]. 文学评论，2008（5）：18.

也呈现出相对的自足性与历史段落性。不过，如果严格地从"文化单元"的性质看，其起点应略有上溯，应从二十世纪七十年代末期开始算起，在本书的角度看来，七十年代末期的几年可以看作是八十年代文学批评的一个缓慢的前奏和必要的过渡与准备，从1979年至1989年，则是八十年代文学批评的主要历史区间。

如果从更长时段的历史角度来考察，八十年代文学批评可谓处于当代文学批评史中最斑驳杂乱而又最生机勃勃的历史阶段，这是当代文学批评史中最重要的过渡期和发育期。尽管七十年代末文学批评表现出对"文革"期间文学批评的颠覆，但历史的相关性决定了它在很大程度上依然维系着此前文学批评的批评观念和思维模式，这是八十年代文学批评变革的尴尬起点。从七十年代末到八十年代初，面对"朦胧诗"的崛起和西方"现代派"的涌入，文学批评开始面对前所未有的变革要求与复杂的态势，不同理念的碰撞和不同批评群落的分歧也迅速构建了一个持续较量和博弈的格局。到八十年代中期，由于更多来自西方的批评理念的介入和整个社会的进一步开放的合力，共同激活了文学批评的发展，逐步建构出一种八十年代特有的由文学变革要求为主导、由西方新批评观念为基础、以一大批中青年文学批评家为主体的"青春体"批评的雏形。但是到了八十年代末，随着国内、国际形势的发展，社会氛围也发生了变化，八十年代的文学批评的活跃、激荡与乐观，未能持续下去。此后，由于激进的启蒙主义思潮的中断、市场经济体制的正式开启，国家意识形态的转型，与当代社会政治密切联系、与文学创作保持紧密互动与介入关系的文学批评，也呈现出再度转型的趋势，逐步向学院化、专业化的方向转移和深化。可见，八十年代文学批评的历史流向与观念内涵异常丰饶，过渡性、复杂性和独特性等是其明显的特征。

八十年代文学批评的动力与资源相当复杂，它是被多种合力激活的，有的批评要回归"十七年"，有的批评则源出于"五四"，有的渴望与西方接轨，有的以本土与传统为价值指向，它在颠覆"文革"批评、修复"十七年"批评和超越阶级论与庸俗社会学为基础的政治意识形态式批评的艰难努力中走向未来和世界，多种力量的纠结注定了八十年代文学批评的动荡不安和跌宕起伏。这动荡的背后隐藏着太多复杂的历史细节。由于历史叙述不可避免的简单化会导致文学批评的历史简单化，所以，很多重要的批评记忆实际上早已被过滤甚至遗忘。比如，刘心武的《班主任》是怎样"生产"的？贾大山的《取经》为什么被遮蔽？唐因和唐达成写批判《苦恋》的文章的背景如何？徐敬亚到底经受了怎样的遭遇？等等，从这些历史的细节中更能够映照出一段异常丰富和充满疑问的批评史。

中国传统的文学批评研究历来"重古轻今"，所以相形之下古代文学批评的研究相对更为成熟。名义上是"中国文学批评史"的著作，大多是对古代文学批评史的研究，比如，朱东润的《中国文学批评史大纲》（1957年版）、罗根泽的《中国文学批评史》（1957年版）、黄海章的《中国文学批评简史》（1962年版）、郭绍虞的《中国文学批评史》（1979年版）、王运熙的《中国文学批评史》（1981年版）、敏泽的《中国文学理论批评史》（1981年版）、方孝岳的《中国文学批评》（1986年版）、张少康及刘三富的《中国文学理论批评发展史》（1995年版）、蔡镇楚的《中国文学批评史》（2005年版）、谢建忠的《中国文学批评史书略》(2005年版)、邹然的《中国文学批评史》(2006年版)、陈钟凡的《中国文学批评史》(2008年版)等都是古代文学批评史。相形之下,中国现当代文学批评研究一直是一个很薄弱的环节。更不济的是,现代文学史家普遍对当代文学的价值抱有质疑的态度,认为当代文学就不该写史,比如唐弢的"当代文学不宜写史"①,施蛰存的"当代事,不成'史'"②等,这样的态度也在很长时期影响了当代文学批评的研究。不少研究者将八十年代文学批评研究仅仅作为思潮史和文论史的附属部分,没有彰显出八十年代文学批评研究的独立性和重要性,更没有从批评的细部和根部对其进行发现和审视。从整体上来说,对八十年代文学批评研究的深度和广度迄今为止都还不够,特别是,有关国家意识形态对八十年代文学批评演变的介入程度、转型中批评主体群落的生成以及文学批评与文学生产之间的互动等,基本都还未被系统研究。这些对本书来说,能够获得一段有效的距离来重新打量上述历史中的丰富内容,探究其各种要素的构成与功能特点就成了一种"意义的诱惑"。

二、研究的基础

(一)二十世纪九十年代对八十年代文学批评的研究

较早对八十年代文学批评进行整体性研究的学者是王彬彬,其博士论文《却顾所来径——八十年代文学批评思考之一》③可

---

① 唐弢. 当代文学不宜写史 [N]. 文汇报, 1985-10-29.
② 施蛰存. 当代事, 不成"史" [N]. 文汇报, 1985-12-2.
③ 王彬彬. 却顾所来径——八十年代文学批评思考之一 [D]. 北京: 国家图书馆, 1991.

以说是独辟蹊径。他从方法论的角度阐述了中国传统印象批评的重要性，总结反思了八十年代文学批评的方法问题。当多数批评家还在推崇并模仿西方现代各种批评理论时，他对八十年代文学批评进行了理性的反思与梳理，并期待着古今中外文论的交融，在一种世界性的视野中关注中国古代文论的当代价值。他认为在八十年代中期，西方现代各种批评理论、方法同时被介绍到中国，在中国文学批评界形成了一股方法论热潮，但是这种方法热并没有使中国当代文学批评全面方法化。在方法热之后的六七年时间里，中国文学批评中占主导地位的，仍是中国传统的印象感悟式批评。印象感悟式批评因方法热而盛行，同时构成了对方法热的嘲讽。传统意义上的印象感悟式批评在八十年代的确非常重要，它属于审美批评与经验性批评的重要组成部分。但是，八十年代文学的批评方法是驳杂而多元的，事实上也许没有一种批评方法能够成为主宰。

与王彬彬从对方法论的反思角度切入不同，程文超的《意义的诱惑》①则是从中国文学批评话语的历史流变这一线索切入，深入地分析了当代文学批评话语转型的外在特征和内在缘由。程文超认为八十年代初对现代主义的误读呈现出批评的两种冲动，即表层的现代主义和内在的理性精神，而这两种冲动恰好对应着以十九世纪末、二十世纪初为界的两套"他者"话语。与此同时，他还多维度地阐释了"文革"后人道主义话语的变迁，这种话语的变迁最终在走到主体性之后绽开了一个辉煌时期，同时也为自己创造了尾声。另外，中国"文革"后具有现代主义倾向的文学

---

① 程文超. 意义的诱惑[M]. 长春：时代文艺出版社，1993.

批评话语与人道主义之间纠缠不清的关系在该书中得到清晰而深入的探讨。

相对来说，吴三元和季桂起的《中国当代文学批评概观》则是一部比较完整的关于当代文学批评的著作，本书"采用了历时性的现象描述、共时态的范畴考察和批评家述评的方式"①，把四十多年的"当代文学批评"作为一个整体来把握，从理性起点、精神内涵、审美意识以及功能特征四个方面来探讨和归纳当代文学批评的基本特征。在该书的第四章中，该书作者专门对八十年代文学批评进行了分析探讨，并把这个时期的批评定位为"伟大历史转折后的复苏与繁盛"。可以说，《中国当代文学批评概观》为整个当代文学批评的发展提供了一个全景式的侧影。然而，正如书名一样，它是一个"概观"，是一种宏观的概括。从某种程度上来说，该书研究的深入程度还有些不够，而且，批评体制在八十年代的演变、重要的批评观念形态以及批评与文学生产的互动关系基本未进入"概观"视野。如第四章中对八十年代文学批评的探讨，还是以现实主义的发展为基石，对八十年代文学批评的新格局、方法论的变革以及重大事件的争论等重要问题大多是一笔带过，没有进行详细而深入的梳理和探讨。

而黄曼君主编的《中国近百年文学理论批评史》②可以说是较有分量的理论批评史。该书第六编重点探讨 1976 年到 1990 年的文学理论批评，讲述了新时期文艺界的思想解放运动、社会主义文艺总方针的重新确立以及在一场场争论和潮流中现实主义批

---

① 吴三元，季桂起. 中国当代文学批评概观 [M]. 北京：知识出版社，1994：397.

② 黄曼君. 中国近百年文学理论批评史（1895—1990）[C]. 汉口：湖北教育出版社，1997.

评理论的进一步深化和发展。并且以周扬等重要批评家的个案为例，展开了具体的文学理论批评活动。该书重点分析了文学理论与文学史的系统建构，同时也涉及文学的本体论之争和主体性的争鸣，最后对文学史的研究现状做一个回顾和梳理，以杨义、陈平原、严家炎、陈思和等人为个案进行了简略的陈述。这种研究基本是一种理论批评的研究，由于八十年代文学批评和文学理论批评是交融在一起的，所以，这为本书文学批评研究提供了一些启示。

八十年代文学批评观念和方法的多元化塑造出多种批评模式，《新时期文学批评模式研究》[①]一书是最早对新时期文学批评模式研究的专著，该书由屈雅君、叶舒宪、李继凯、吴进等几位陕西师大的中青年学者共同完成，主要就心理批评、比较批评、科学主义批评、人类学批评、女性主义批评、本文批评、接受批评和社会历史批评等八种批评模式进行了分类探讨。作者们按照文学批评所采用的角度和手段不同，以纵向考察与横向巡视相结合的方法，对新时期以来特别是1985年前后相对独立发展的各种不同的文学批评模式的内部走势，做了史的回顾和类的剖析，试图对它们在中国新时期的发生、发展的演变进程、特点及其存在的问题，做出一个相对全面的总结。

在八十年代文学批评研究的论文中，有些是较有代表性的，王晓明的《沼泽里的奔跑——关于十年来的文学批评》（1994年发表）主要是用"相对主义"的思路对十年来文学批评进行了反思，"回顾这十年的文学批评，就好像是在沼泽的奔跑，看上去

---

① 屈雅君. 新时期文学批评模式研究 [M]. 西安：陕西人民教育出版社，1997.

抬脚摆手，动作很大，其实却经常是一步一陷东倒西歪，越是急切地想要奔跑，反而越容易踩错地方。"①该文从八十年代文学批评的方法热、批评话语及批评主体等多角度反思了八十年代文学批评中存在的问题。陈骏涛在《文学批评：从八十年代到九十年代》（1997年发表）中主要通过对比八十年代和九十年代文学批评之间的差异试图反思八十年代文学批评存在的问题以及九十年代文学批评如何应对未来。这两篇文章主要是从总体上进行文学批评的反思，至于具体的批评文本、批评主体以及批评与同期创作的关系涉猎较少。"重访八十年代"是由张旭东最早提出的，由于作者"自一九九〇负笈美国，读书和写作遂进入英文世界，置身于西学的后院"，在这样的语境中，他"禁不住要回头来眺望中国了"，意识到"想来八十年代后期一批初出茅庐的年轻人在报刊上放谈西学，所感所思，倒往往是土生土长的中国问题"②。虽然作者没有具体谈及八十年代文学批评，但这种"重返"的姿态为二十一世纪以来研究八十年代文学批评提供了一种启示。洪治纲的论文《旷野中的嚎叫》（1998年发表）是研究八十年代文学批评中比较有分量的一篇。该文对新时期以来近二十年的小说批评做了一个较为全面和系统的分析，也是一种带有严肃反省态度的回巡，正如作者所言，"并不是为了展览过去某些羞于启齿的疤痕，而是从自身的角度为我们未来的小说批评提供一些有益的开拓和借鉴"。该文主要采用历时性的方式来梳理小说批评的得与失，他认为"经过了新时期二十余年的历史发展，小说创

---

① 王晓明，等. 沼泽里的奔跑——关于十年来的文学批评[J]. 文艺理论研究，1994（5）：11.

② 张旭东. 重访八十年代[J]. 读书，1998（2）：3.

作几乎成功地完成了自身由传统向现代的重大转折，而小说批评却始终没能够获得这种内在的、决定性的迁徙"①。对于这段时间的小说批评研究来说，这篇论文具有总结性的意义。从总体上来说，研究界在二十世纪九十年代已经开始反思八十年代的文学批评，但这种反思基本还是处于一种相对笼统的叙述之中，对于二十世纪八十年代文学批评与体制的关系、批评主体群落的研究、文学批评与文学生产之间的互动等话题还没有真正展开。

（二）二十一世纪以来对八十年代文学批评的研究

在众多的研究者中，也有人把当代文学批评归属给"中国现代文学批评史"，周海波就把十九世纪末到二十世纪初以来的中国文学批评称为"中国现代文学批评"，并将之作为一个流动变化的过程和整体来研究。他在《中国现代文学批评史论》（2002年版）②中选用了"现代化"这个弹性很大的范畴作为贯穿全书的价值坐标，力图勾画一个世纪的文学批评史框架。该书从第十六章才开始写到新时期的文学批评，比较笼统地介绍了一下拨乱反正、宏观研究、科学方法和文体革命，尚未进入到八十年代文学批评的细部。陆贵山和王先霈合编的《中国当代文艺思潮概论》③展示了新中国成立四十年来文艺发展的全过程，从本体位置的属归、现实主义的深化、人道主义的复起、主体意识的强化、文化意识的觉醒、道德思潮的演变、审美特征的重探、纯俗文学的竞争、西方思潮的融入、文艺批评的格局十个方面来重新检视

---

① 洪治纲. 旷野中的嚎叫 [J]. 当代作家评论，1998（6）：123.
② 周海波. 中国现代文学批评史论 [M]. 上海：上海人民出版社，2002.
③ 陆贵山，王先霈. 中国当代文艺思潮概论 [M]. 北京：人民大学出版社，1989.

当代文艺思潮。该书不着重于外在的文艺运动情况的描述，而着重于人们在实际创作、欣赏和理论批评活动中的审美选择的剖析与评估。"文艺批评的格局"主要是从美学文艺学研究与批评方法的论争入手，从总体上对批评多元的格局做出了相应的阐释。

近几年来，"重返八十年代"成了一个重要话题。程光炜、李杨等学者和他们带领的研究生一起激活了"八十年代文学"的内涵和外延。无论是对《班主任》《公开的情书》《晚霞消失的时候》等作品的新解读，还是对"先锋文学""寻根文学"等文学思潮的研究，都为研究八十年代文学批评提供了新视角和新话语，发现了很多被遮蔽问题的"前生今世"。在程光炜的"历史重释""陌生化"等思路的指导下，杨庆祥、白亮等学生对八十年代文学批评进行了专题研究，如杨庆祥对吴亮的采访[1]，白亮对程德培的采访[2]等都为研究八十年代文学批评提供了一些"陌生化"的材料。这种历史化和"陌生感"的引入，无疑为八十年代文学批评的研究打开了新的通道。研究界还有一股反思八十年代的潮流，比如张新颖的《重返八十年代：先锋小说和文学的青春》[3]、南帆的《深刻的转向》与《多义的启蒙》[4]、王尧的《批评的轨迹》[5]、赵枚的《"重返八十年代"与"重建政治维度"》[6]，在这些论文中，更多的是用一种新的视野来反观八十年代，主要

---

[1] 吴亮，李陀，杨庆祥. 八十年代的先锋文学和先锋批评 [J]. 南方文坛，2008（6）.

[2] 程德培，白亮. 记忆·阅读·方法 [J]. 南方文坛，2008（5）.

[3] 张新颖. 重返八十年代：先锋小说和文学的青春 [J]. 杭州师范学院学报，2004（1）.

[4] 南帆. 深刻的转向 [J]. 当代作家评论，2008（1）. 多义的启蒙 [J]. 文学评论，2008（5）.

[5] 王尧. 批评的轨迹 [J]. 当代作家评论，2008（1）.

[6] 赵枚. "重返八十年代"与"重建政治维度" [J]. 文艺争鸣，2009（1）.

是勘察八十年代的文学及各种文化现象，关于八十年代文学批评涉及的相对少些，但这些研究思路却为八十年代文学批评的研究带来了新的启示。

三、思路与方法

本书的思路离不开已有研究的启发，正是在这些研究成果的基础之上，笔者才有了研究八十年代文学批评的基础和可能。借用马尔科姆·考利的一个比喻，"文学评论——开着许多窗子的一幢房子"。如果说八十年代文学批评是一幢房子，那么，批评观念形态的研究、批评主体群落的研究、文学批评与文学生产关系的研究就是照亮房子内部的窗口，而"历史流向"则是这幢房子的大门。对有一定历史长度的文学批评进行考察，具备一定的历史意识是必需的，没有历时的考察就不可能深刻地认识其渐变规律、内部结构要求以及批评现象本身。同样，共时性的考察也是进入批评本身的重要途径，只有通过对大量现象予以内部特征与观念构成的细致考察，才能彰显出一个时代批评的丰富和复杂。本书力求以历时性和共时性的结合，依据"回到历史现场"的原则，从三个方面试图"重返"八十年代的文学批评。

第一章主要探讨八十年代文学批评的四种主要观念形态。将大量的批评实践与文本归结为社会学批评、文化心理批评、审美批评及形式批评四种观念类型予以理论考察。其中社会学批评显赫的地位在"文革"结束后并未马上改变，它基本传承了上个时代的一套政治化的观念与方法，直到八十年代中期，才随着新观念与方法的涌入而逐渐退席。文化心理批评是"文化学批评"和"心理批评"的逐步杂糅，也是八十年代文学批评中一次最有文化思想含量和深度的转型，它模糊了过去简单的政治标准，在艺术上获得了扩张的空间，给大量新潮文学创作以及时而合理的解释，有力地推动了当代文学的变革。所谓审美批评是在传统的鉴赏学和西方美学思想相互激活下逐渐形成的一种批评模式，从经验出发，从文本入手，崇尚审美经验、本土化的美感理解，是其鲜明特点。审美批评的建立意味着文学批评的重心逐渐从政治向艺术审美的转移。另外，在俄国的形式主义批评、英美的新批评以及法国的结构主义等理论的启发下，形式批评在八十年代中后期出场，这是"十七年"文学批评中所完全没有的新的批评观念形态。它融合了大量陌生化的新知，对文本进行专业化、技术性的分析，为九十年代文学批评的专业化与学院化转向打下了基础。通过对这些观念形态的资源构成和方法特征的厘清，对八十年代文学批评的思想基础与理论构成有一个大概的归纳和分析。当然，本章在肯定八十年代文学批评的活力与丰富性的基础上也试图指出其存在的误区和困境。而且还要承认，上述批评观念之间的界限并不十分清晰，很多时候处于混沌的交叉之中。

  第二章是对八十年代文学批评主体群落的社会学研究。源于不同的成长经验、知识构成、审美趣味、身份背景等因素，批评家在社会转型和文学更迭之时大都选择了不同的批评观念和批评话语。尽管对主体群落研究有多种划分方式，但笔者认为从代际的角度划分最能反映八十年代文学批评的实际。因为这个年代文学批评的主体群落与社会和文学的转型密切相关，有着明显的替代与转换的整体性节奏。而且也只有在年龄代际的区分之下，才能看清并归纳出他们不同的知识、经验、身份等对其批评的影响。

因此，本章主要依据年龄代际，将八十年代文学批评主体划分为三个群落："既成权威的一代""转型中的中年一代"和"新一代的青年批评家"。通过进入每个群落的内部，从整体上发现其群落的特质、走向及意义，并选择一些个案作例证式分析。

第三章主要考察文学批评与文学生产之间的互动关系。该章以"歌德"与"缺德"、朦胧诗论争、现代派之争、寻根文学、先锋文学等主要论争事件和文学思潮为考察对象，探讨这个年代批评和创作之间微妙而复杂的互动关系。争鸣事件也是批评的集中亮相，不同观念与阵营之间的较量对文学创作产生了非常强烈的影响，有的批评保护了作家和作品免受中伤，有的批评则在特定时期打击或压制了一些作家与作品，不过稍后情形有了改观，批评与文学实践的关系变得积极起来，如在寻根文学潮流中，批评与创作就完成了某种"超前"的"合谋"；在"现代派之争"中，批评也为创作提供了技术上的支持，诠释并推动了创作的发展；当然，在话剧和先锋小说探索的初期，批评又表现出其迟滞和无力的一面。

通过以上三个方面的探讨，本书将多维度地呈现八十年代文学批评的动荡性和生长性的面貌，同时力求发现其中被遮蔽的东西，进而从整体上反思并还原这时期的历史真实，以推动当代文学批评研究继续走向深化。

第一章

八十年代文学批评的四种主要的观念形态

梳理八十年代文学批评的历史脉络，可以清晰地看出它是如何一步步走过了复杂和多重的蜕变之路。其间的交织、驳杂和混沌以及挣脱、对峙与新变，其变革的幅度，可能是任何一个时代都很难比拟的。社会学批评的逐渐失效，文化心理批评的赫然崛起，审美批评的逐步解放，形式批评的新发现可以说构成了八十年代文学批评的四种主要的观念形态。不过需要说明的是，它们之间并无截然的鸿沟与界限，这里的硬性区分只是为了论述的方便。

第一节　社会学批评

统治当代文学批评数十年的社会学观念的显赫的地位在"文革"结束后并未马上改变，在二十世纪七十年代末到八十年代前期的数年中仍居于不可动摇的地位，这构成了八十年代文学批评变革的尴尬起点。在与社会变革和文化开放的持续的互动关系中，它也历经了由强势的坚守到逐渐的失效和淡出的过程，留下了许多有意思的痕迹和现象。

一、社会学批评的传统资源与理论局限

自中国现代文学批评诞生以来，影响最为深广、表现最为活跃的批评形态即是以马克思主义文艺思想为基础的社会学批评形态，它构成了中国现当代文学批评的主流。二十年代茅盾"为人生"的现实主义理论、三十年代左翼时期为无产阶级大众的现实主义批评理论、四十年代《在延安文艺座谈会上的讲话》的批评理论、"十七年"及"文革"期间的政治意识形态化的批评理论都构成了八十年代社会学批评的传统资源。

作为一种研究文学的原则和方法，社会学批评主要是指从

十八世纪意大利哲学家维柯对于古希腊神话的研究模式开始的，后来又经过斯达尔夫人和维柯的进一步补充而形成的一种较为稳定的研究文学的范式。他们主要运用文学的"外部研究"，即通过考察文学与社会的关系，考察文学对社会生活表现的深度与是否"正确"有效，来彰显其价值与意义。社会学批评在以别林斯基、车尔尼雪夫斯基和杜勃罗留波夫为代表的十九世纪俄国革命民主主义者的文学活动中发展到极致。别林斯基曾经说过："批评永远是和它所批评的现实相适应的；因此，批评是现实的意识。"①社会学批评模式把着眼点放在社会现实的背景之中，从作品与现实背景的关系中审视作品的性质并判断其价值，以作品的真实性、典型性与思想性作为批评的价值标准。对中国而言，从黄遵宪的"诗界革命"和梁启超的"小说启蒙"开始，到后来的五四新文化运动，文学的功能性即"新民"的作用、启蒙的作用，到"人的文学""为人生"的文学，其功能作用都是建立在人与社会、文学与社会的现实关系上来实现的。文学从"无用之物"迅速变为与国家兴衰、民众愚智、社会进退密切相关的"有用"大事，因此，传统的感悟与断想式的印象批评已经无法承受文学批评所被赋予的重任，在文学"救世"功能迅速扩张时，文学批评的理论也开始逐渐系统化，其社会功能被空前放大。

五四文学革命初期，文学革命的倡导者开始从思想革命的角度提出了文学的工具性理论。二十世纪二十年代初，茅盾最早明确主张"为人生"的现实主义理论，他的现实主义批评理论是紧密配合新文学建设的需要而发的，具有极强的现实性品格，中国

---

① 【俄】别林斯基. 别林斯基论文学 [M]. 上海：上海新文艺出版社, 1958：259.

新文学第一次有了自己的现实主义文学理论。二十世纪三十年代，左翼文学批评标准的制定受到苏联的影响。1931年，冯雪峰在《中国无产阶级革命文学的新任务》①提到"左联"执行委员会正式认可"拉普"的主张，作家和批评家必须从无产阶级的观点来创作和批评，成为一个唯物的辩证论者。苏联在"第一次苏联作家代表大会期间（1934年），确立'社会主义现实主义'为苏联文学创作和文学批评的基本方法"②。随后，"社会主义现实主义"的批评原则也逐渐变为中国文学批评的主要标准。1942年，毛泽东的《在延安文艺座谈会上的讲话》主要从文学创作和文学批评的工具性、服务性来完成对文艺工作者的意识引导。《在延安文艺座谈会上的讲话》的主题用一句话来概括就是：文艺工作者必须"站在无产阶级的立场上"来为工农兵服务，使文艺成为无产阶级政治的"齿轮和螺丝钉"。之后，当代文学批评的方向更加明确。

1949年7月，第一次文代会召开，周扬以文化界领导人的身份对《在延安文艺座谈会上的讲话》的重要性进行了阐释和总结。他将《在延安文艺座谈会上的讲话》称为"新中国的文艺方向"，"除此之外再没有第二个方向了，如果有，那就是错误的方向"③。而毛泽东在第一次文代会上的发言更是一种公开的声明："你们对于革命有好处，对于人民有好处。因为人民需要你们，我们就

---

① 冯雪峰. 中国无产阶级革命文学的新任务 [J]. 文学导报，1931（8）.
② 钱念孙. 现实主义研究的困境 [A]. 柳鸣九. 二十世纪现实主义 [C]. 北京：中国社会科学出版社，1992：41-42.
③ 周扬. 新的人民的文艺——在全国文学艺术工作者代表大会上关于解放区文艺运动的报告 [A]. 中华全国文学艺术工作者代表大会纪念文集 [C]. 北京：新华书店发行，1950：70.

有理由欢迎你们。再讲一声，我们欢迎你们。"① 作为一种标志，文学批评开始积极回应"文艺为人民服务"的纲领。

"文革"期间，批评作为政治意识形态的工具发挥到"极致"，逐渐变为一种"敌我"阶级的分析和推理。在批评家运用"两结合"等名义发言的时候，社会学批评已经不再是原来意义上的现实主义批评，而是一种至高价值观的体现，隐含着政治意识形态的优越和专制。"当阐释政治理想或政策代替了活生生的'人'的书写时，现实主义就走上了穷途末路。"②

二、社会学批评的观念特征

讨论八十年代社会学批评的观念特征，需要从社会学批评的主要理论范畴即"真实""典型""时代""道德""功用"等方面入手，它们既是这一时期批评家们基本的思考方式、批评准则，也是多次发生批评论争的焦点。

"真实性"是社会学批评一个核心的理论问题，但不同时期的文学批评有不同的"真实"内涵。

"真实地反映/再现了……"是社会学批评中的典型句式，恩格斯对哈克奈斯说过："据我看来，现实主义的意思是，除细节的真实外，还要真实地再现典型环境中的典型人物。"③"真实"既是一种手段，也是目的所在。二十世纪七十年代末的社会学批评依然延

---

① 毛泽东. 毛主席讲话 [A]. 中华全国文学艺术工作者代表大会纪念文集 [C]. 北京：新华书店发行，1950：20.

② 陈顺馨. 社会主义现实主义理论在中国的接受与转换 [M]. 合肥：安徽教育出版社，2000：364.

③【德】恩格斯. 马克思恩格斯选集（第4卷）[M]. 北京：人民出版社，1995：683.

续了这样的批评思维和批评话语,对于作品的肯定和否定基本还是围绕着"真实性"的标准展开,比如对陈国凯的《我应该怎么办?》①的批评,咏华认为小说失去了"典型意义和真实性"②,而刘剑星则认为:"薛子君又是另一种典型,同样是符合生活和历史的真实的。"③在社会学批评中,典型化是文学达到艺术真实的手段。

二十世纪七十年代末,文学创作经历了初步的向现实主义回归,批评界开始重提"写真实",把现实主义的创作方法作为衡量作品的重要标准。与"十七年"及"文革"相比,这一时期的"真实性"逐渐向着"生活的真实"回归。比如对新时期影响较大的作品《班主任》和《伤痕》的评价就是如此。朱寨认为:"以《班主任》为代表的几篇小说,揭示出了由'四人帮'造成的不同形态的社会弊病,目的是为了引起疗救,作者的批判锋芒,始终是对着'四人帮'的。有人说这些作品是'暴露文学',是'批判现实主义'。……如果要说暴露,暴露'四人帮'难道不应该吗?"④何西来和蔡葵也认为:"《班主任》之所以能够强烈地激动广大读者的心,因为它坚持了革命现实主义和革命浪漫主义相结合的创作方法,发扬了革命现实主义的传统,给了我们一幅生动真实的社会生活图景。"⑤1978年8月11日,《文汇报》第4版发表了复旦大学中文系一年级学生卢新华的短篇小说《伤痕》。《文学评论》编辑部在北京召开短篇小说座谈会,重点探讨了《伤痕》等作品。"韦君宜同志说,《伤痕》从提出问题来看是真实的,

---

① 陈国凯. 我应该怎么办?[J]. 作品,1979(2).
② 咏华. 文艺作品必须坚持典型性和真实性[J]. 作品,1979(6):70.
③ 刘剑星. 也谈坚持文艺作品必须典型性和真实性[J]. 作品,1979(9):67.
④ 朱寨. 对生活的思考——谈刘心武的《班主任》等四篇小说[J]. 文艺报,1978(3):8.
⑤ 何西来,蔡葵. 艺术家的责任和勇气[J]. 文学评论,1978(5):65.

缺点是在九年之中晓华的思想没有变化。李准同志说,《伤痕》我读了,比较流畅,但确实有不够真实处,这也许是因为作者还年轻,没有对生活进行大量的分析、比较、研究。晓华的思想没有随时间的推移而变化,这一点不真实。"① 批评家的批评思维已经被规范的批评理论严格地修剪过,多数批评家无法在理论之外有更深刻的发现,所以主要呼吁写真实性和典型性的作品,主张用现实主义创作方法进行创作便成为二十世纪七十年代末、八十年代初批评的主要特征。"坚持从创作的实际出发,面向生活,为新时期革命现实主义传统的恢复和发扬开拓道路"② 成了这一时期主要的文学目标和批评准则。与"十七年"的批评相比,八十年代社会学批评中的"真实性"可谓有了一定进步,随着时代气氛的日渐宽松,"伤痕""反思"系列的作品开始受到了批评界的认可。不过,这种认可是有一定限度的,一些具有社会和人性拷问意味的作品还不具有合法性,对《苦恋》《晚霞消失的时候》《假如我是真的》等"缺德"作品的批判就是明证。

恩格斯在致玛·哈克奈斯的信中除了强调真实性外,重点强调了"典型性",那就是"要真实地再现典型环境中的典型人物",认为哈克奈斯的人物"就他们本身而言,是够典型的;但是环绕着这些人物并促使他们行动的环境,也许就不是那样典型了。在《城市姑娘》里,工人阶级是以消极群众的形象出现的,他们无力自助,甚至没有试图做出自助的努力"③。这种说法经过不断

---

① 本刊记者. 短篇小说的新气象、新突破——记本刊在北京召开的短篇小说座谈会[J]. 文学评论,1978(4):12.
② 朱寨. 中国当代文学思潮史[M]. 北京:人民文学出版社,1987:535.
③【德】恩格斯. 马克思恩格斯选集(第4卷)[M]. 北京:人民出版社,1995:683.

的"修正",越来越彰显了其实用性。新中国成立后,周扬将创造典型的任务集中在创造先进人物和英雄人物的典型上,1953年,在全国第一届电影创作会议上,周扬解释说:"只有创造很好的典型,才能很好地表现党性。典型创造得愈完全,党性也就表现得愈完全。"① 这样的"典型"认知一直是"十七年"及"文革"期间的主流观念。1981年,徐俊西在《一个值得重新探讨的定义——关于典型环境与典型人物关系的疑义》一文中认为:"在评价一部具体的文学作品时,没有理由、也没有必要去把其中的人物和环境的关系机械地分割开来,对立起来,从而陷入既要肯定其人物,又要否定其环境的矛盾境地。"② 在二十世纪八十年代初期,这样的质疑是需要勇气和胆识的,因为多数批评家和理论家还是维系着原有的典型观,程代熙的《不能如此轻率地批评恩格斯》③ 一文就是对徐俊西的反驳。

"时代"一直是一个难以界定的范畴,文学社会学先驱泰纳曾指出,"时代"就是一个游移不定的概念,但这个极其重要的概念还是不断地被描述和演绎。恩格斯也曾借助巴尔扎克的《人间喜剧》谈论对"时代"的看法:"巴尔扎克,我认为他是比过去、现在和未来的一切左拉都要伟大得多的现实主义大师,他在《人间喜剧》里给我们提供了一部法国'社会',特别是巴黎'上流社会'的卓越的现实主义历史,他用编年史的方式几乎逐年地把上升的资产阶级在1816—1848年这一时期对贵族社会日甚一日的冲击描写出来……围绕着这幅中心图画,他汇集了法国社会

---

① 周扬. 在全国第一届电影创作会议上关于学习社会主义现实主义问题的报告[A]. 周扬文集(第二卷)[M]. 北京:人民文学出版社,1985:198-199.
② 徐俊西. 一个值得重新探讨的定义[J]. 上海文学,1981(1):87.
③ 程代熙. 不能如此轻率地批评恩格斯[J]. 上海文学,1981(4):74.

的全部历史。"①1927年,茅盾对"时代性"做了一个较为明晰的界定:"所谓时代性,我以为,在表现了时代空气而外,还应该有两个要义:一是时代给予人们以怎样的影响,二是人们的集团的活力又怎样地将时代推进了新方向。"②1950年的丁玲也有这样一段话:"由于时代的不同,战斗的时代,新生的时代,由于文艺工作者思想的进步,与广大群众有了联系,因此新的人物,新的生活,新的矛盾,新的胜利,也就是新的主题不断地涌现于新的作品中……这正是新的作品的特点,这正是高于过去的地方。"③时代的变化意味着生活、人物、题材都要揭开新的一幕。

还有关于文艺的功用问题。首先要推倒工具论理论,文艺和批评才有松绑的可能,1979年第4期的《上海文学》推出了评论员(李子云、周介人)的文章《为文艺正名——驳"文艺是阶级斗争的工具"说》④,这是新时期文艺界第一次公开对"工具论"的反拨。1979年10月,第四次文代会召开,邓小平所做的《在中国文学艺术工作者第四次代表大会上的祝辞》在文艺与政治的关系上为文艺松了绑。由于工具论观念具有根深蒂固的历史与现实基础,所以这一过程极为缓慢,每当新旧批评观念发生争议的时候,工具论总会通过"谁""为什么人"的形式起到规训的作用,对朦胧诗的批评就是典型,写作者是站在谁的立场上?让人看不懂究竟是为谁服务?这都是否定者的基本逻辑起点。一些持有较

---

① 【德】恩格斯. 马克思恩格斯选集(第4卷)[M]. 北京:人民出版社,1995:683-684.

② 茅盾. 读《倪焕之》[N]. 文学周报,1929-5-12.

③ 丁玲. 跨到新的时代来——谈知识分子的旧兴趣与工农兵文艺[J]. 文艺报,1950(11).(第2卷)

④ 本刊评论员. 为文艺正名——驳"文艺是阶级斗争的工具"说[J]. 上海文学,1979(4):4.

为开放立场的批评家也要通过对文艺与批评目的的强调来确立其合法性，如朱寨说，"我们这时期的文学批评主要是为革命现实主义精神的恢复、发扬和深化积极战斗，为文学创作的主潮推波助澜。"① 这是社会学批评发挥功能性的表现之一。

二十世纪八十年代上半期，社会学批评的功能性常常还借助"道德化"的批评来维持并延续。如前所述，道德化是社会学批评关于"真实性""时代性""典型"以及政治正确的一个主要的辅助范畴，所有的"正确"都可以借助道德优势来呈现。比如1982年底和1983年初"《人生》热"的讨论就是典型的案例，爱情题材引起了文学界和批评界的广泛共鸣，因为这关系到一代人的人生记忆与现实处境。有人认为高加林"绝不是我们时代青年应有的情操"，因为他"否定了个人在婚姻道德方面的社会责任"②。这就是典型的惯常的道德批评，把社会责任感的强弱作为衡量一个人的尺度，潜在的含义就是个人存在的价值必须是在社会中才能凸显出来，真正的"个人"是不应该存在的。另外还有一种声音就是为高加林鸣不平，认为"他是一位受害者，一位被社会邪恶势力击败的不幸者。在他身上表现了不屈奋斗者的诱人的魅力"③。尽管论者没有把高加林简单道德化，但还是用社会历史的观念来肯定或否定一个复杂现象的存在，人物的命运始终没有从时代和历史之中逃离出来。论争中不同的观点是用道德来衡量对社会的影响，而所谓的道德标准在很大程度上延续了所谓"人民"认可的道德，这种道德标准基本上是符合社会主流意

---

① 朱寨. 历史转折中的文学批评 [J]. 文学评论, 1984（4）：22.
② 曹锦清. 一个孤独的奋斗者形象 [N]. 文汇报, 1982-10-7.
③ 席杨. 门外谈《人生》[J]. 作品与争鸣, 1983（1）：39.

识形态所需要的标准,这也体现了社会学批评中的功能性特点。

社会学批评经过半个多世纪的沉积,它作为一种主流和传统的理论资源渗透到几代批评家心中,新一代青年批评家也深受影响,如吴亮在二十世纪八十年代初期的时候也是坚持运用马克思主义批评的,他认为:"尽管一百多年来的文学发展早已超出了我们原先的理论框架,但是唯有马克思的历史辩证法和方法论,唯有马克思的哲学思想才提供给我们对一切文学现象做出准确估计和判断的可靠思路。"① 只不过,随着外来理论资源的涌入和传统批评资源的复活,社会学批评的优势迅速被淡化。

三、社会学批评的观念误区与危机

二十世纪八十年代中期,随着新观念与新方法的涌入,社会学批评理论面临前所未有的危机,固守现实主义、排斥现代主义,关注外在的社会变革、忽视内心的转向,缺少艺术审美的诉求以及与新潮理论和新潮文本的隔膜等诸多因素导致它逐渐失效与退席。

七十年代末和八十年代初,文学批评的新思潮与新方法突然现身——现代主义观念开始涌入中国。中国文坛上出现了"前夜"式的景象,面对现代主义的冲击与诱惑,一系列的论争愈演愈烈。这些争论的基础,首先是认识论方法上的根本矛盾,社会学批评者把普遍人性、直觉、欲望和潜意识等因素均视为"唯心主义",把"个人""自我表现"视为资产阶级的个人主义,将"人道主义"

---

① 吴亮. 发展马克思主义的文学理论批评 [J]. 上海文学,1982(11):9.

视为与阶级论和革命意识形态相对立的资产阶级世界观，认为其违背了社会主义发展的道路。由于社会学批评外在环境的限制和自身内在的逻辑延续，导致了"批评在'同化'和'顺应'对象的政治内容、亦用理性的方式使其'还原'和'显现'的过程中，也逐渐培养了自身对于作品的政治内容的特殊敏感和精于政治分析的技能和技巧。这在一段时间内甚至成为传统的社会历史批评的一个通行的职业习惯"①。这构成了社会学批评在这一时期的致命弱点。

自从胡风的"主观战斗精神"和对心理现实的强调遭到批判之后，社会学批评中有关"主体"的问题成了谈虎色变的禁忌。批评家只能强调外部的现实世界，只能强调人物和现实的真实性，而对精神世界的复杂性、人物性格的多重因素视而不见。徐敬亚从诗歌中发现了"我"，"一个平淡、然而发光的字出现了，诗中总是或隐或现地走出一个'我'！"②当然这种"个体"的发现还处于语焉不详的状态，没有系统的理论与美学意义上的总结和提升。1985年，刘再复发表了《论文学的主体性》，总算是旗帜鲜明地提出了理论意义上的主体概念："我们的文学研究应当把人作为主人翁来思考，或者说，把人的主体性作为中心来思考。"③这表明八十年代中期文学批评的理论、观念和思维模式都要进行全面的重建，将社会学批评从现实和道德的视野中拯救出来，并建构关于文学自身的人的话语体系，以恢复现实主义的原始含义。"十九世纪批判现实主义创作模式是从人和社会的悲

---

① 於可训. 论多元格局中的社会历史批评 [J]. 湖北社会科学，1988（9）：43.
② 徐敬亚. 崛起的诗群——评我国诗歌的现代倾向 [J]. 当代文艺思潮，1983（1）：15.
③ 刘再复. 论文学的主体性 [J]. 文学评论，1985（5）：11.

剧性冲突中展示人的性格、处境和命运，揭示社会对人的摧残压迫，表现对社会的批判，创作的注意力倾注在人的外部世界的社会生活，从人的外部世界向人的内在世界透视，从人的社会关系中表现人。"① 从这个意义上来说，当代中国的社会学批评并不是对正统的现实主义理论与观念的继承，而是背离，要想恢复其固有的精神内涵与美学品质，必须要建立真正的有灵魂和有性格自主逻辑的主体。这也是八十年代中期文学与批评整体"向内转"的理论基础与转折点。

二十世纪八十年代中期，寻根文学与新潮小说的崛起使社会学批评不能像以前那样"方便"地解读新文本了，文化主题本身的多维性、结构性，新潮小说叙事的"元虚构"倾向、心理化视角、无意识内容，特别是以存在主义取代反映论而作为认识论基础，这使得社会学批评再也无法维系其权威地位，代之而来的是文化心理批评、审美批评、形式批评等相继出现，激活了批评界单一的格局。在这样的历史语境中，社会学批评的危机暴露无遗，遭到了创作界和批评界的普遍质疑和厌烦。社会学批评的危机不只是来自内部，还来自外部世界的压力，是当代文学整体上的观念变革将社会学批评逐出了久居的中心。

然而，上述变化并不意味着社会学批评本身的被淘汰，它只是表明简单化社会学批评历史的终结，作为一种研究方法它仍具有开放性和生命力。八十年代末，社会学批评开始转型，《湖北社会科学》从1988年第7期起陆续发表文章，就"开放的社会历史批评方法"问题进行理论上的探讨。王先霈、於可训等人提

---

① 胡尹强. 现实主义在二十世纪西方文学中的历史命运[A]. 柳鸣九. 二十世纪现实主义[C]. 北京：中国社会科学出版社，1992：5.

出了"开放的社会批评"的概念，认为只有开放才能发挥其优势。於可训建议把"精神分析批评和一般心理批评的某些观念和方法引入社会历史批评的实践之中"，同时，也注意把"神话——原型批评的某些观念和方法引进社会历史批评之中"。[①]这样的观念的确是富有开放性和建设性的，但这些说法并未有效地在具体的批评实践中产生成功的范例，相反，倒有了"无边的现实主义"的嫌疑，如同加洛蒂对现实主义的理解。他认为"现实主义是无边的，因为现实主义的发展没有终期，人类现实的发展也没有最终期。在这个发展的旅程中，现实主义没有确定的码头，没有最终的港口，即使是大卫·库尔贝、巴尔扎克或者司汤达这些威名赫赫的名字的港口，也并非最终的停泊所在"[②]。这样的现实主义真的是无所不包，在泛化的同时也窄化了现实主义。只有到了九十年代后期，社会学批评才由于文化研究和历史研究方法的推动而重新焕发活力，如关于当代文学的制度、生产、意识形态的构成的研究，就再次证明了文学社会学方法的有效性。

---

① 於可训. 论多元格局中的社会历史批评 [J]. 湖北社会科学，1988（9）：45.
② 【法】罗杰·加洛蒂. 关于现实主义及其边界的感想 [J]. 现代文艺理论译丛，1965（1）：119.

第二节　文化心理批评

　　二十世纪八十年代的文化心理批评是"文化批评"和"心理批评"的逐步杂糅，也是八十年代文学批评中一次最有文化思想含量和深度的转型，它模糊了过去简单的政治标准，在艺术上获得了扩张的空间，给大量新潮文学创作以及时而合理的解释，有力地推动了当代文学的变革。不过，这时期文化批评的概念还相对简单，有关大众文化理论、文化领导权理论、西方马克思主义、后结构主义理论等尚未引入，其基本的认识论基础是民俗学、文化人类学和宗教社会学等，所以还不够综合和深入。而心理批评也还未达到真正的无意识分析的深度。

一、文化心理批评的资源构成

　　八十年代中期以后出现的文化心理批评是一种比较综合的批评观念形态，它涵盖的内容较多，资源构成也很复杂，是八十年代最富有整合作用的批评观念形态。西方的精神分析学说、原型批评理论、五四的启蒙文化、民俗学及宗教学等都催生了文化心理批评的发展，本小节主要探讨对八十年代文化心理批评产生影响的西方理论资源。需要进一步提及的是,八十年代"文化批评"的重点多是限定在"文化学"上,偏重于从文化人类学的风俗习惯入手,来探索不同文化的思维方式和心理特征,批评的范畴相对集中,这与九十年代以后宽泛而综合的文化批评有很大不同。

文化心理批评的出现与其所处的文化语境密切相关,八十年代中期的"文化热"也促使社会学批评迅速向文化心理转型,西方文化心理批评理论通过译介等渠道迅速进入中国,比如1984年北京三联书店再次出版由吕叔湘翻译的罗伯特·路威著的《文明与野蛮》,1984年商务印书馆再次推出高觉敷翻译的《精神分析引论》等,它们都为文学批评带来耳目一新的理论资源,批评界一度出现了"文化批评年"(1986)的说法,因为"有关文化批评的文章几乎覆盖了所有期刊、文学杂志的版面"[1]。这意味着一个民族的文化意识在"文化热"中逐渐复活,正如韩少功所说:"一个民族自己的过去,是很容易被忘记的,也是不那么容易被忘记的。"[2]对传统、历史与文化记忆的重新认知的冲动,推动着文化研究与心理透视方法的持续强化与升温。

八十年代文化心理批评的西方理论资源之一是弗莱的原型批评,弗莱的原型理论主要是借用弗雷泽的《金枝》为代表的人类学理论和荣格的"集体无意识"理论。原型批评其实在六十年代初就曾被引入中国,中国社会科学院文学研究所在1962年曾出版了《现代英美资产阶级文艺理论文选》(上编),这次原型批评理论的介绍是作为"反面教材"出现的。1982年,《文艺理论

---

[1] 张景超. 滞重的跋涉——新时期文学批评透视[M].哈尔滨:黑龙江教育出版社,2002:290.

[2] 韩少功. 文学的"根"[J]. 作家,1985(4):5.

研究》刊登了魏伯·司各特的《当代英美文艺批评的五种模式》①，次年，他的专著《西方文艺批评的五种模式》出版，他在该书中介绍弗雷泽、荣格、劳伦斯等人，认为"人类学模式的文学旨在使我们恢复全部的人性，重视人性中一切原始的因素"②。荣格、弗莱的理论真正引起学界的注意与 1983 年由中国社会科学院所编的《文艺理论译丛》第 1 辑和伍蠡甫主编的《现代西方文论选》两部书对其背景的介绍有关。不过，此时的人类学批评还处于含混不清的状态，没有得到批评界广泛的认可。比如张隆溪发表的《诸神的复活》，认为"弗莱的理论只停留在艺术形式的考察，完全不顾及文学的社会历史条件"，同时又较为客观地介绍了荣格和弗雷泽的理论，认为这是"一个大有可为的领域"③，呼吁从本土的传统之中寻觅和外来方法的对接。对批评界来说，这应该是一种带有暗示性的引导。该学说的译介在八十年代中后期达到了高潮，如北京三联书店出版的何新的《诸神的起源》（1986）、山东文艺出版社出版的谢选骏的《神话与民族精神——几个文化圈的比较》（1986）等。1987 年，弗雷泽的《金枝》由中国民间文艺出版社出版，这本书给文学界和批评界带来了很大震动。同年，叶舒宪出版了《神话——原型批评》④译文集，该书汇编了弗雷泽、弗莱、荣格等人的关于人类学与种族记忆、集体无意识等 20 篇论文，其中有首次译介的弗雷泽、弗莱等人的著作选段。这部文集是原型批评在中国发展的催化剂，启发并打开了批评家

---

① 【美】魏伯·司各特；蓝仁哲，译. 当代英美文艺批评的五种模式 [J]. 文艺理论研究，1982（3）.
② 【美】魏伯·司各特；蓝仁哲，译. 西方文艺批评的五种模式 [M]. 重庆：重庆出版社，1983.
③ 张隆溪. 诸神的复活 [J]. 读书，1983（6）：106.
④ 叶舒宪. 神话——原型批评 [C]. 西安：陕西师范大学出版社，1987.

的另一视野。

弗莱的原型批评是自觉借鉴和运用文化人类学视野的产物，同西方文学发展中的神话密切相关。他完成了来源于荣格的"集体无意识"理论的改造。当然，作为弗洛伊德学生的荣格又是对精神分析的补充，把"潜意识"从个人引入到民族群体。荣格认为"潜意识"既非来源于个人经验，又非从后天获得，而是"普遍地存在于我们每个人身上"，就形成了一种"集体无意识"。他的主要贡献是集体意识理论：文明人仍无意识地保留着以神话方式表现出来的史前知识。神话是残留在个人身上的梦影。加拿大批评家弗莱则进一步完善了"原型理论"，他认为"原型是典型的，在文学史中反复出现的可交际单位"，弗莱由世界文学"反复出现的意象"看到了整个世界文学史都在讲述着神的诞生、历险、受难和复活这个"古老而常新"的神话。这样，"神话——原型"批评，就启发了批评家在批评时，应致力于去寻找作品中反复出现的原型因素（神话、图腾、仪式等），找到具有原型意义的象征主题和情节等。所以，寻根文学的出现正好成了文化批评最好的对象和文本。

文化心理批评中侧重心理批评的主要资源来自于弗洛伊德的精神分析学说。弗氏学说早在二十世纪初就被译介到中国，很多作家受到过弗洛伊德的影响，比如郭沫若、郁达夫、施蛰存、穆时英、钱锺书、张爱玲等。七十年代末，随着社会环境的逐渐松动，西方理论得以在中国介绍。1978年，朱虹在《世界文学》第2期上发表过《荒诞派戏剧述评》，在这一年，《外国文艺》也发表了《略论当代美国小说》《萨罗特谈"新小说派"》等文章，这是"文革"后批评界最早对西方理论的介绍。1979年，伍蠡甫等人编译的《西方文论选》由上海译文出版社出版；1980年，袁可嘉、郑克鲁等编选的《外国现代派文学作品选》（八卷本）由上海文艺出版社出版；1981年开始，外国文学出版社和上海译文出版社两家共同推出《二十世纪外国文学名著丛书》，陆续出版了近二百种影响较大的外国作品。在这些译介的丛书中，作为重要创作方法的"意识流"逐渐得到创作界和批评界的认可，这是八十年代关于心理批评较早的理论资源，同时，由于王蒙、宗璞、茹志鹃等人在该时期有意识地借鉴了"意识流"的创作方法，这为心理批评提供了批评的文本。

八十年代初金开诚在北大开设文艺心理学专题课，① 这意味着文艺心理学开始以"系统和专业"的身份进入学者的研究视野。1982年，他出版了《文艺心理学论稿》一书，该书引起了许多批评家和理论家的兴趣。心理批评理论资源集中而系统的介绍是在八十年代中期，1984年，弗洛伊德的经典文丛《精神分析引论》（商务印书馆，高觉敷译）的译本修订出版，之后，批评界对弗洛伊德学说给予高度关注。以1986年为例，关于弗洛伊德的理论书籍主要出版了《图腾与禁忌》（中国民间文艺出版社，杨庸一译）、《弗洛伊德后期著作选》（上海译文出版社，林尘、张唤民、陈伟厅译）、《弗洛伊德论创造力与无意识》（中国展望出版社，孙恺祥译）、《日常生活的心理奥秘》（甘肃人民出版社，林克明译）、《梦的解析：揭开人类心灵的奥秘》（中国民间文艺出版社，赖其万、符传孝译）等。"潜意识""力比多""压抑""恋母情结"等一系列弗氏关键词开始在中国批评界出现。精神分析

---

① 李继凯. 心理批评 [A]. 屈雅君. 新时期文学批评模式研究 [C]. 西安：陕西人民教育出版社，1997：5.

学说在批评领域中具体表现在三个方面：一是一种（弗洛伊德的）精神分析式阅读；二是把"情结"的概念引进文学批评的话语；三是文学批评和文本阐释中梦的结构。① 尽管批评家运用得还很生硬，也非常西化，但无论怎样，一个通向幽暗的心理世界的通道就此打开，一系列"灵魂的探险"就此开始。精神分析理论的流行是心理批评发展的必要条件之一。

弗洛伊德的精神分析学说、荣格的"集体无意识"、弗雷泽的《金枝》和弗莱的"原型理论"都是文化心理批评的重要理论资源。还有一个来自拉丁美洲的源头也不能忽略，那就是来自"魔幻现实主义"的诱惑。1925年，德国艺术评论家弗朗茨·罗发表论著《魔幻现实主义·后期表现主义·当前欧洲绘画的若干问题》，首次提出了"魔幻现实主义"这一术语。② 对于中国来说，马尔克斯的《百年孤独》获得诺贝尔奖是一个直接的刺激，想获得西方承认的处境在"事件"中得到了最大程度的彰显。中国很多作家开始匆忙地"返观诸己"，发现自己民族历史本身的错综复杂成了他们创作的源泉，批评家也迅速运用文化心理批评来阐释本民族文化心理的内涵。"寻根文学"的兴起就是批评家和作家的共同诉求，批评家和作家在实践中无意或有意地模仿拉丁美洲的魔幻现实主义，希望把超时空的民族心理埋藏物和人类共同文化经验以文学样式表现并阐释出来。无论批评家从哪个角度切入文化心理批评，最终的梦想都是希望文化心理批评成为一种"新的综合"，努力开掘出与自身民族结合的具有本土化趋向的文化心理内涵。

---

① 陈厚诚，王宁. 西方当代文学批评在中国 [C]. 天津：百花文艺出版社，2000：3—6.

② 陈光孚. 魔幻现实主义 [M]. 广州：花城出版社，1986：205.

二、文化心理批评的观念雏形及实践

初期的文化心理批评基本上是文化观照和心理透视的杂糅,在理论上处于语焉不详的状态,更多的是从经验主义和民俗文化中寻找新的批评空间,但与"十七年"及"文革"期间狭隘的庸俗社会学批评相比,这种文化心理批评明显具有更广阔的空间,显示出了含混与丰厚的一面。随着文化心理视角的获得,文学批评实现了从现实层面向历史文化和内心世界的转化,这是极为关键的一步。

任何一种批评观念形态的发展离不开自身的历史逻辑,文化心理批评就是从社会学批评中逐渐衍生出来的。正如李庆西所言,"作为方法与范畴,'文化—心理'批评实际上是社会学批评的扇形展开。"① 社会学批评和文化心理批评最初有着明显的隔膜,随着文化语境的变迁,社会学批评开始淡化其政治意识,向"历史"和"美学"方向转化。"五四文化"在八十年代的复活也意味着启蒙主义的精英文化再次呈现出它的价值,批评家在传统与现代、本位文化与外来文化相互碰撞和冲突中所进行的深切思考激活了文化批评的发展。"这个时代,也只能是一个在传统与非传统(而不是变革)、保守和破坏(而不是创造)的低层次争端中,来回反复、痛苦不堪的时代。"② 因此,所谓的文化——心理批评所实际完成的是一个变更时期的过渡角色和杂糅功能。

与七十年代末和八十年代初的文学创作的迅速变革与多元状况相比,文学批评明显滞后,单一的批评方法无法概括和阐释已经相对复杂的创作现象。有的学者就这种"不对称性"做了分析:

---

① 李庆西. 文学批评与"文化-心理"整体意识 [J]. 读书, 1986(5): 80.
② 北明. 史前意识的回声 [M]. 石家庄: 花山文艺出版社, 1989: 219.

"用不同方法创作出来的作品只能运用不同的批评方法加以阐释，比如对蒋子龙的作品就无法用原型批评的方法去研究，社会学的批评方法也不能很好地把握福克纳。因此并不存在一种万能的方法，批评方法的更新就是要打破单一的僵化的局面。"①李庆西在《论文学批评的当代意识》②一文中也指出文学批评主要是对文学作品乃至全部文学现象的阐释，而不是简单地归结于社会学的批判。很多批评家意识到了文学批评所存在的问题：创作和批评之间的隔膜。比如许子东认为："相当数量的评论和研究，还是过分干燥，过于超脱，无论是同作家的思路、心境还是同作品提供的生活画面，都有一些隔膜。"③许子东借用清人周济论创作时说的"非寄托不入，专寄托不出"来形容文学批评的"不入"。言外之意，就是文学批评的方法已经脱离创作，脱离当下生活，悠久的社会学批评话语开始衰落，无法承担解释所有复杂的创作现象。

社会学批评的局限和创作界不断地推陈出新促使文学批评开始转向更广阔的视野，带有民俗色彩与传统文化气息的风俗小说为文化批评的逐步发展提供了批评的文本，民俗之桥的架起意味着社会批评开始向文化心理批评过渡。二十世纪八十年代初出现了大量描写传统文化与风俗的作品，邓友梅的"京味小说"、陆文夫的"苏南风味小说"、冯骥才的"津味小说"、贾平凹的"商州系列"小说等，以"时代"或"典型"等现实主义批评范畴已经无法对这些作品进行评价和阐释，批评界开始运用杂糅的批评观念对其解读，比如张韧认为邓友梅的小说"与通常的现实主义

---

① 晓丹，赵仲. 文学批评：在新的挑战面前——记厦门全国文学评论方法论讨论会 [J]. 文学评论，1985（4）：47.
② 李庆西. 论文学批评的当代意识 [J]. 文学评论，1985（5）：14.
③ 许子东. 文学批评中的"入"与"出" [J]. 文学评论，1984（3）：125.

作品有其共同性，注意细节真实，真实地再现典型环境中的典型性格，但它又有自身的特点。首先，作者必须创造他所独有的、带有民俗味的'基本人物班子'"。就是这"独特的人物班子，风俗画和京味的语言，几个层次结构了邓友梅小说的民俗美。但这美不是外象的，它与作品内象的时代精神相交织"①。社会学批评中的真实性和文化批评中的民俗味开始融合，但这种批评还不具有真正的文化学背景与理论自觉意识。诗人杨炼的《传统与我们》可以说是较早具有文化自觉意识的宣言，他认为谁都无法、谁也不能摆脱的传统，因为它是"基于共同文化－心理结构的独特语言形式。说它是形式，因为它从不规定某种题材的'时代性'，而是规定了某种特殊的感受、思维和表达方式"②。他旗帜鲜明地提出结构意义上的传统应该成为创作和批评的出发点，创作应以探索民族历史和文化作为宗旨。但是，当时"更多研究者只是从文化如何制约文学、文学又如何接受文化的影响这一思路来思考文学批评问题"，关注的"最大问题是中国文化如何面临现代化的挑战"③。这说到底还是为了当前的一个功用性目的，是文化启蒙与社会启蒙思潮的一部分，而不只是一种研究。这也印证了李陀的说法，所谓文化－心理批评，不过是社会学批评的扇形展开。

"文化－心理"结构是八十年代文化心理批评的关键词。1985年，季红真的《文明与愚昧的冲突》就是这种理论阐发的典

---

① 张韧. 邓友梅小说的民俗美和时代色彩 [J]. 文学评论，1984（3）：12-14.
② 杨炼. 传统与我们 [J]. 山花，1983（9）：73.
③ 杨扬. 重返文学史——对中国当代文学批评的一种新期待 [J]. 上海文学，1992（4）：72.

型批评文本，以历史与文化社会学为底色，把新时期小说诸多分散的主题集中于"文明与愚昧的冲突"之中，因为"文明与愚昧这组对立的范畴，是人们对文化进行价值判断的概念"，该文上篇重点分析"从社会政治批判到民族文化思考"的创作流脉，下篇集中呈现"多种文化思想的冲突"，"展开小说主题纵横交错的意向，从中可以看出变革时代民族文化构成的变动"，① 这一切的目的在于整体地描述新时期小说主题的丰富性，这也说明文化心理批评具有丰厚的包容性，因为从"性格的悲喜剧中，可以看到一个民族内在的精神气质，以及这种精神气质所积淀的心理结构"②。这篇文章为评价和研究这个年代的文学打开了广阔的文化空间，提出了一系列重大的理论命题。但是也不难看出，所谓"文明与愚昧的冲突"似乎并不能完全涵盖这一时期文学创作的文化命题，更无法标识批评的价值指向，许多所谓的"文明"价值正是基于作家对"历史"的反进化论的逆向认知与判断而彰显的，"寻根文学"思潮中的作品无不是呈现了对进化论历史观的反向的价值判断，在这个意义上，文明与愚昧、文明与野蛮恰恰也呈现了"换位"的性质。对于这一点，论者还未能予以充分认识和辩证分析。1986年，蔡翔的《野蛮与文明》也是用类似的视角来分析当代小说中的一种审美现象，认为乌热尔图的《老人和鹿》、张承志的《黑骏马》、郑万隆的《异乡异闻》、韩少功的《爸爸爸》、贾平凹的《商州》等小说"多少带有一种初民生活的色彩，表现出一种未经文明教化的生命形态，或者干脆说，

---

① 季红真. 文明与愚昧的冲突——论新时期小说的基本主题 [J]. 中国社会科学，1985（3-4）.
② 季红真. 传统的生活与文化铸造的性格 [A]. 文明与愚昧的冲突 [C]. 浙江文艺出版社，1986：37.

这是一个根部的世界——就其文化的意义而言"①。可见，"文明与愚昧"既是一种切入文本的角度，也是论者批评观念与价值判断的朦胧呈现。

如果说二十世纪八十年代中期的文化心理批评还是处于语焉不详的交织阶段的话，八十年代中后期在神话——原型理论的影响下，这类批评逐渐进入一个更为幽深的世界，比如季红真在《神话的衰落与复兴》一文中曾很详细地介绍了关于原型的批评理论，对弗雷泽、弗莱等人的理论有一个较为理性的分析。她认为："弗雷泽通过发掘神话与初民的巫术宗教仪式之间的关系，开启了文学的人类学研究，这既是角度也是方法。"②这些来自西方的理论资源在八十年代后期的文学批评中表现得更加突出。侧重心理探索的批评也在悄然过渡，在一定意义上，社会中的人终于可以成为人格、精神和心理意义上的"人"了，而不再是社会关系中的附庸或点缀，"一种以人的命运和性格描写为轴心的丰盈深厚的美学特色已经形成"。③有的批评家也大胆地呼吁："应当改造封闭式的思维方式，从而对社会、对人生、对知识、对文学，都采取一种开放性的眼光。"④特别是1985年，"主体性的神话"的被建构，鲁枢元的"向内转"的观点成为一种广大的共识。他在其《用心理学的眼光看文学》一文中已经自觉地从心理学的视角来考察作品，"社会生活只有首先成为心理的，才有可能成为艺术的。文学艺术的世界是一个'心理的世界'"⑤。进而提出：

---

① 蔡翔. 野蛮与文明：批判与张扬 [J]. 当代文艺思潮, 1986（3）：29.
② 季红真. 神话的衰落与复兴 [J]. 文学评论, 1989（4）：88.
③ 陈惠芬. 从单纯到丰厚 [J]. 文学评论, 1984（3）：68.
④ 刘再复. 思维方式与开放性眼光 [J]. 文学评论, 1984（6）：7.
⑤ 鲁枢元. 用心理学的眼光看文学 [J]. 文学评论, 1985（1）：5.

"用心理学的眼光看文学，文学作品必然是文学家的实践活动、生命活动、心理活动的结晶。文学作品的品位高下，总是由文学家心灵的深度和广度决定着的。"① 从外部世界向内部世界的转向为文学批评开拓了一个广阔的、隐秘而幽深的空间。

二十世纪八十年代中期的许多重要期刊都发表了用心理分析来解读作品的批评文章。比如，《当代文艺思潮》1985 年第 5 期发表了许文郁的《弗洛伊德的精神分析与袁静雅的心理结构》；《当代作家评论》1986 年第 2 期推出关于《男人的一半是女人》的讨论，李树声、蔡葵、李洁非等人就当代人受压抑的心理状况展开讨论；《文学评论》1985 年第 5 期发表宋永毅的《当代小说中的性心理学》，等等。宋永毅在他的文章中运用性心理学对《班主任》《没有纽扣的红衬衫》《人生》《北方的河》《灵与肉》《绿化树》《乔厂长上任记》等作品进行分析，并道出许多"新解"。当然，事实上宋永毅并没有仅仅停留在性心理分析上，而是借助于性心理学打通了当代文学与中国传统文化的关系，比如余丽娜、陆文婷、冯晴岚、凌雪、袁静雅、童贞、金竹、胡玉音等这一批新时期审美理想的主要载体的女性形象，宋永毅认为她们的温善娴静都是古典东方女性的体态神韵，"蕴藏在这些肖像背后的，不正是乌发明眸、娴静温柔且纤弱多病的崔莺莺、杜丽娘和林黛玉的原型吗？这显然是同一种精神的变体和性心理的'返祖现象'。生活中成千上万个陆文婷与冯晴岚不可能全一种模样，但她们在几十个作家笔下如此定式地被典型化，这不约而同的冥冥之中，不正是传统的性心理因素决定了同一的审美选择吗？"② "性心理中

---

① 鲁枢元. 用心理学的眼光看文学 [J]. 文学评论，1985（1）：7.
② 宋永毅. 当代小说中的性心理学. 文学评论，1985（5）：40-41.

的文化因素不仅制约着读者的审美情趣，即使是本民族从事精神生产的成员也难以摆脱历史久远的集体无意识积淀。"① 很显然，在这里，弗洛伊德的精神分析、荣格的"集体无意识"以及弗莱的"原型"几乎都被宋永毅一股脑搬来，并有效地杂糅于一起，这可谓是关于文化心理批评的典型案例，尽管有些解释有勉强的成分，但新视角和新方法的运用还是让读者感到了耳目一新。

二十世纪八十年代中期，社会学批评和心理批评的交融也是很常见的，特别是对于上一代批评家来说，他们希望通过这种结合来使自己的文字继续有效，同时又使新的方法由于正统的功能与效用而更合法，比如陈丹晨认为："张辛欣在创作中开始了她探索描写当代某些青年女性心理的历程。她流露出对社会生活某些非正统的理解和认识，并尝试运用西方现代某些艺术表现手法。但是她还有点笨拙而不圆熟；她对社会生活仍还保持了热情追求而不阴冷。"② 这是似曾相识又带有一些新气象的批评思维与语言方式，文章基本肯定了张辛欣的心理描写，但更重视作品对社会生活的反映与认识。这种批评还是以社会学批评为主，但已充分肯定了作家对西方艺术手法的运用。1962 年邵荃麟就从"写人物"提出"现实主义的深化"的主张，但真正获得深化，是在二十多年以后，"人的复归"才把文学视野从外部引向人的内心世界。

在"弗洛伊德热"和"文化热"的影响下，在五四启蒙的引导下，在人道主义的潮流中，文化与心理批评迅速整合，借助这些支点获得了巨大的张力和相对明晰的理论指向，逐步在实践中

---

① 宋永毅. 当代小说中的性心理学 [J]. 文学评论，1985（5）：40.
② 陈丹晨. 论张辛欣的心理小说系列 [J]. 文学评论，1985（3）：52.

确立了其理论与方法体系，并且反过来推动了文学的发展。正如有批评家所指出的，"至于发端于新时期文学前期的人道主义思潮，虽然在某种程度上是以主流形式出现，但也因为与'文化热'构筑了某种同谋关系，才有了更深层次的展开，像人道主义文学在1985年前后'向内转'的倾向，就往往落实在'寻根文学'的'文化－心理'图式上"。①

二十世纪八十年代中期的文学批评因为其巨大和忙乱而充满了前所未有的活力，文化心理批评因为方法的含混与杂糅而赢得了巨大的空间，在民族博大冗杂的文化中成功地逃脱了"精神污染"的罪名。如果说"方法论不是抽象的，而是与一定的人生观、文学观联系在一起的；新方法的运用倘若不是有利于文学观念的革新和进步，就不能算好方法，也是没有生命力的"②，那么，对于文化心理批评来说，该批评观念不仅有利于文学批评观念的革新，而且还打通了通向内心世界的道路，这无疑是八十年代文学批评中的一次最有价值和最富深远影响的转型。

三、有意味的转型

文化心理批评独特的方法论意义在于它以文化和心理作为参照系，使文学批评获得了一种更为宏阔的阐释学意义上的视野，给文学批评提供了一个全方位透视文学现象的观察视界。"新时期的文学批评归根结底在于寻求新的价值，不论是认识论的还是方法论

---

① 尹昌龙. 1985：延伸与转折 [M]. 济南：山东教育出版社，1998：37-38.
② 晓丹, 赵仲. 文学批评：在新的挑战面前——记厦门全国文学评论方法论讨论会 [J]. 文学评论，1985（4）：47.

的"①，可以说，文化心理批评不仅是认识论上的突破，还是方法论上的革新，的确是一次意味深长的转型，因为它打开了无限的文化空间和心理世界。勃兰兑斯认为最深刻的文学史"是一种心理学"，它"研究人的灵魂，是灵魂的历史"②。其实，最深刻的文学批评也应该是一种心理学，研究人的灵魂和种族的精神与心灵历史，这应该是八十年代文学批评中一个最具魅力的元素。

原型批评不孤立地对待一部文学作品，而是把它置于整个文学的谱系之中，借助原始意象追溯人类或民族某些共同的文化形态，寻找民族世代延续下来的母题。这样一来，它就可以从整个民族文化背景中挖掘民族共同心理的遗传和积淀作用，并把心理研究从个体推向社会群体，既整合了人类的经验，又超越了单纯的精神分析。"原型"含有更多的"史前"的内容，属于"集体潜意识"，是"非理性"的东西，它超越了从经济、政治的角度阐释，而是进入隐秘的内心，这恰好是二十世纪八十年代以前的当代文学批评所缺少的重要视角。在朦胧诗的论争中，徐敬亚的具有"现代主义"倾向的批评已经"糅进"了一些心理批评的元素，他认为朦胧诗是"以反古典艺术传统面目出现的新艺术，注重主观性、内向性，即注重表现人的自我心理意识，追求形式上的流动美和抽象美；他们反对传统概念中的理性与逻辑，主张艺术上的自由化想象，主张表现和挖掘艺术家的直觉和潜在意识"③。对意识流和直觉性的探讨呈现

---

① 李庆西. 文学批评与"文化－心理"整体意识 [J]. 读书, 1986（5）：82.
② 【丹】勃兰兑斯；张道真，译. 十九世纪文学主流 [M]. 人民文学出版社，1980：前言.
③ 徐敬亚. 崛起的诗群——评我国诗歌的现代倾向 [J]. 当代文艺思潮, 1983（1）：15.

了原有的社会学批评逐渐向心理批评过渡。

"当大量引进和渗透的异质文化与传统文化发生冲撞的时候，这种想从历史文化的积淀中寻求人们行为方式和心理机制的旧依托和新支点，以便更自觉有效地进行纵向继承和横向移植的文化抉择就是不可避免的了。"① 这或许是八十年代文学批评的背景之一。历时性地看，文学批评面对两千多年的文化积淀，也刻印着近百年来的内患；共时性地看，面对西方不断涌出的近百年的文学批评理论，有着无限的向往和盲从。如果完全以西方为参照，那么，一个民族的文化就会面临危机，有的作家无限感慨地说道："无论你愿不愿意承认，事实上，我们今天的文学，就其形态来看已经没有多少中国气味了。"② 这意味着当时批评界和文学界已经意识到本民族文化的重要性，也意味着八十年代文学批评有着浓郁的西化背景。

心理学批评是以心理为视角，运用现代心理学、文艺心理学的理论和方法，对作家、作品以及读者的心理内涵进行深入探析和评论的文学批评模式。心理批评中实践最多的是对作家个性心理的批评，是西方心理批评中有代表性和影响力的批评范式，也是二十世纪八十年代中后期风行于中国的批评范式。而文化作为一个民族文化结构深层的核心部分和内在根基，支持和保护着一个民族文化传统的相承相续，并以强大的力量，直接和间接地影响和支配着当代人们的文化行为。这种观照方式使文学批评具有了一种整体观和系统观，也获得了一种更为深邃的历史意识。因此，文化心理批评要比一般的心理批评更

---

① 徐俊西. 新时期"文化小说"漫论 [J]. 当代作家评论，1988（2）：65.
② 李杭育. "文化"的尴尬 [J]. 文学评论，1986（2）：51.

具有历史感和民族感,很多批评家对它的运用也是比较综合的,比如季红真分析了张贤亮自身的"文化构成"之后,认为作者之所以存在一些没有克服的缺陷主要因为"作者自身文化构成的限制"①,这正好映照了文学批评本身的复杂性,"一个时代的文化铸造了一代人的思想方法"。

文化心理批评是八十年代文学批评中一个重要的观念形态,面对丰富的文本,不同的批评家提出了自己不同的阐释角度。王晓明对三个具有代表性的寻根作家进行了解读,他认为"文化"的概念只是让韩少功、郑义、阿城三人"顺利地完成了对自己精神苦闷的道德化改造"②,借助他们各自的经历来阐释作家内心的困惑与欲望,最终判定他们的口号不仅"空洞",而且还是"功利的"和"矫情的"。他还说道:"我是把作家的一切描写都看作他的自我描写的,因为他总是根据自己的体验来虚构他的世界。因此,作家能不能充分揭示笔下的对象,在很大程度上就是取决于他能不能正视自己的情感,愿不愿意把它充分地表现出来。"③类似的批评不仅道出了当代作家的精神局限,也展示了批评理论的局限。王晓明从细读作品入手,经过对作家经历的比照,得出了这些发人深思的理解。还有一个很典型的例子:吴俊在《当代西绪福斯神话———史铁生小说的心理透视》④中,挖掘了史铁生深隐着的内心世界,揭示了史铁生小说中"残疾主题"与残疾作家之间的心理联系,其中着意揭示了作者性自卑心理所导致的

---

① 季红真. 两个彼此参照的世界 [A]. 文明与愚昧的冲突 [C]. 浙江文艺出版社,1986:86.
② 王晓明. 不相信的和不愿相信的 [J]. 文学评论,1988(4):31.
③ 王晓明. 不相信的和不愿相信的 [J]. 文学评论,1988(4):29.
④ 吴俊. 当代西绪福斯神话———史铁生小说的心理透视 [J]. 文学评论,1989(1):40.

对性爱的回避现象，戳穿了作家创伤性的心理隐秘。这种传记式的追根溯源，既是一种刷新，当然也有格式化的危险。此外，文化心理批评有一种明显的缺陷就是对于文本、结构与语言的忽视，这也是单纯的精神分析批评的不足之处。后来拉康大胆假设如果无意识存在的话，它应该通过语言这个"中介物"才能产生功能，而不可能只是通过"象征"或"本能性"地发挥功能。在他看来，无意识就像语言一样是有结构的。①所以，几乎是稍晚一点，形式批评就开始大为流行，对于语言与结构的发现弥补了文化心理批评的不足。

任何一种批评观念形态的产生都有着天然的合理性，"由于深层文化心理对理论论争的影响和操纵比起政治、经济等方面的影响更为曲折和隐蔽，也由于人们对这样的认识角度和方法的生疏，因此，这样去看待和研究当前种种理论和思想斗争的做法还相当少见。但这正是应该做这方面尝试的充分理由——充满新鲜感的新事物（何况这种新鲜感还伴随着认识能力的扩大）总是一种难以抵抗的诱惑"②。面对这种巨大的诱惑，很多批评家试图尝试用它来解读作品并不断更新自己的批评观念。文学批评观念形态之所以不断地被更新换代，是因为一些新概念的涌入使一些"老化"的概念难免不神形黯然。

---

① 陈厚诚，王宁. 西方当代文学批评在中国 [C]. 天津：百花文艺出版社，2000：15.
② 李陀. "看不见的手"——谈电影批评与深层文化心理 [J]. 当代电影，1988（4）：30.

第三节　审美批评

审美批评是在传统的鉴赏学和西方美学思想相互激活下逐渐形成的一种批评模式，从经验出发，从文本入手，崇尚审美经验、本土化的美感理解，是其鲜明特点。审美批评的建立意味着文学批评的重心逐渐从政治向艺术审美转移。

一、审美批评的传统资源与当下情境

审美批评的相对成熟是在八十年代中期，随着青年批评群体的崛起，这些青年批评家根据自身艺术体验和思想理论的不同，积极地富有个性地投入到批评活动中去，试图建立"在新的审美坐标上的富于文学意味和创造精神的批评"①。最初，这种审美批评与我国传统中的印象批评有相通之处，注重批评家个体的审美感受，重视直观感悟性及个体经验性，从作品的艺术价值来解读作品，挖掘批评家的全部的生命情致。中国传统文学鉴赏中一直非常重视读者的力量，而且这应该是一种审美的最高境界，"峨

---

① 陈剑晖. 批评，在新的审美坐标上——全国青年评论家评论研讨会 [J]. 天涯，1986（3）：61.

峨兮若泰山","洋洋兮若江河",是钟子期对伯牙鼓琴的瞬间感受,也是中国文学批评史中一种经典的"知音"式范例,以形象、象征为载体,以审美为中介,完成了他们各自的表现、创造与鉴赏。

"世间的万事万物通过文字在文学的世界中重新显形时,也就表明了它们已经为人们那种以情感活动为主的精神活动所笼罩,从而被感知、被渗透、被把握和被体验了。这无疑是一种以审美方式出现的人对于世界的征服。质而言之,文学正是由此建立了自身的价值。"① 批评家把自我的审美体验和作品的艺术价值相结合看作批评的目标,试图重新建立艺术的本质内核。在南帆看来,创作和鉴赏都是审美活动,没有丰富的审美体验的获得,文学和文本就谈不上什么合法性与价值。这样的理解无疑是对原来社会学观念笼罩下的文学观的一个有力的纠正。

中国传统的印象批评大多是以审美的体验为基础的,强调万物之间普遍的感应关系,"天地感而万物化生",刘勰在《物色》中说的"岁有其物,物有其容;情以物迁,辞以情发",这就是一种典型的心物感应的审美心理活动;钟嵘在《诗品》中提倡的"真美",也是本乎自然之物,是心物感应的一种艺术创造。他说:"气之动物,物之感人。故摇荡性情,形诸舞咏。"阅读主体与作品的心灵感应一直是中国传统批评中的重要方向,《世说新语》里东晋桓温那句感慨"木犹如此,人何以堪"也是一种人物同理、经验相同的生命体验。但中国传统的审美批评并非没有边界,情与理、情与礼必须统一起来,方能获得意义。在这点上孔子的思想与批评观念影响至大。他十分强调理性在审美中的地位和作用,

---

① 南帆. 理解与感悟[M]. 杭州:浙江文艺出版社,1986:3.

主张真善美的统一,甚至认为善具有决定性的意义,善即是美。所谓的"发乎情,止乎礼义",就是要使"真"和"善"统一起来,并且使情与美获得合法依据。所以孔子又说:"《诗三百》,一言以蔽之,曰:思无邪。"无邪,本身即是美,伦理价值作为衡量审美价值的前提与标准。这样一来,就不可避免地把审美判断,变成伦理道德的理性判断,把情志纳入礼义的伦理范畴,这即是中国传统的审美观念与经验批评的特点,某种程度上也是其边界和不足。真正的艺术欣赏,是完全可以跨越时间、空间,思接千载,视通万里的,只求从兴象意趣中,获得美感,绝对不必"刻舟缘木",拘泥于事实。新中国成立前,中国的审美批评也有其流脉,比如周作人、李健吾等人的印象批评就是从他们感悟作品时的真切感受出发,并且精当地采用了多种表述审美印象的方式。

"十七年"及"文革"期间,审美经验要素被悉数剔除,个体心灵感受更是被视为禁地。尽管运用现实主义创作论观点进行社会学批评的别林斯基曾明确主张把"确定作品美学上的优劣程度",作为"批评家的第一步工作"。然而,这些主张也被庸俗社会学观念所遮蔽。该时期的文学批评往往充满大堆陈陈相因的概念术语,缺少弹性,更缺少美感。

八十年代初期,文学审美意识的日渐增强和审美对象的转变迫使每个批评家重新审视自己的批评观念。毕竟,"文艺的生命主要在于审美特性"①。批评家很快意识到审美作为文学本质的作用与意义。同时,时代也已经孕育出"从政治性、认识性到审美性的发展"的时机,也"因为价值总是相对于主体需求而言的,

---

① 夏中义. 文学是非纯粹认识性的精神活动 [J]. 文艺理论研究, 1982(3): 142.

它是主客体间一种需求与满足需求的关系。所以，离开了读者的审美需求、鉴赏趣味，就无法解释文学史上许多作家作品的价值事实上发生过并继续发生着历史地变动的现象"①。不只创作主体的出发点是审美，消费主体的审美接受也是文学社会功能的最终归结点。在"接受美学"理论的推动与启发下，读者审美经验的满足和判断也上升为文学批评的重要标准。"一部文学作品，并不是一个自身独立、向每一时代的每一读者均提供同样的观点的客体。它不是一尊纪念碑，形而上学地展示其超时代的本质。它更多地像一部管弦乐谱，在其演奏中不断获得读者新的反响，使本文从词的物质形态中解放出来，成为一种当代的存在。"②在接受美学理论看来，作品只有通过读者的阅读和接受，才能成为真正意义上的"作品"，那些静止的文字符号才会被赋予生命鲜活的气息。的确，读者真的差不多成了"化腐朽为神奇"的上帝。

1987年，H.R·姚斯和R.C·霍拉勃的《接受美学与接受理论》（周宁等译）由辽宁人民出版社出版，可谓为审美批评的观念确立提供了外来的理论支持，这是一本较系统地介绍接受美学理论的译介专著。接受美学是在二十世纪六十年代以后崛起的，以姚斯和伊瑟尔为代表的联邦德国的康斯坦茨学派，该理论不同于外部研究，也不同于内部研究，而是着意于读者研究和影响研究。接受美学虽然不是一种真正的美学的本体论研究，但是它对读者审美接受与体验因素的强化，承认了读者的能动作用，"接受美学的一个基本观点是，文学作品的历史生命存在于历时态读

---

① 朱立元，杨明. 接受美学与中国文学史研究 [J]. 文学评论，1988（4）：158.
② 【联邦德国】H.R·姚斯，【美】R.C·霍拉勃；周宁，等译，接受美学与接受理论 [M]. 沈阳：辽宁人民出版社，1987：26.

者的阅读与接受中"①。这种理论就自然转化为批评家进行审美批评的理论与价值驱动力。"当代的存在"必须是和"当代的现实"休戚相关的,任何一种理论的被接受,总是有一定的文化语境和历史背景。"如同任何一种思想的出现都不同程度地经过现实的孕育一样"②,体验美学与审美批评在中国有着无比深厚的传统积累,仁者见仁,智者见智已是不需证明的事实。只是由于政治现实的极度压制,才导致了它不得已的弱化。一旦现实的发展改变了文学的面貌,批评家便会及时地从理论和实践中重新归纳和演绎,审美与经验式批评便会重新活跃起来。与此同时,社会环境的松动和解放也为审美批评提供了空间,文学在一个时期几乎承担了推动政治变革、实现进步价值的认同,承担社会与文化启蒙的功用以及愉悦性情的文化消费的综合性功能。在此情形下,以青年人为主体的一代新批评家也随之涌现。这种情形甚至很像五四时期,如宗白华早在1920年就曾为烦闷的青年支着儿,当年轻人面对旧学术、旧思想、旧信条失去信仰的时候,在新学术、新思想、新信条还没有获得时,宗白华提出三种方案:1.唯美的眼光;2.研究的态度;3.积极的工作。他认为"唯美的眼光,就是我们把世界上,社会上各种现象,无论美的,丑的,可恶的,龌龊的,伟丽的自然生活,以及鄙俗的社会生活,都把它当作一种艺术品看待……"③"唯美"作为第一要素的眼光凸显了宗白华对"美"的理解,其中闪烁着他的真知灼见。六十多年之后,

---

① 朱立元,杨明. 接受美学与中国文学史研究 [J]. 文学评论,1988(4):158.

② 南帆. 文学批评中美学观念的历史感与现实感 [J]. 文学评论,1985(1):52.

③ 宗白华. 青年烦闷的解救法 [A]. 美学与意境 [C]. 北京:人民出版社,1987:23.

中国的年轻人再次遭遇相似的场景。一个封闭的政治环境与一代人荒芜的精神边界的改变，在一定程度上也是一场审美运动的兴起。不拘一格的主观性经验化的批评恰好为年轻批评家的个性张扬提供了必要的前提。"批评家们不妨回忆一下自己最初的心态：他的批评之所以投入某一部作品或某一个作家，难道仅仅因为那些纯理论的教条？难道没有一阵发自内心的感动参与他的选择？难道不是那些荡漾的情绪与迷狂的心境激发了批评家说明与解释的欲望？"① 审美意识的复苏就是批评家审美感应的价值实现与自我的生成，这是这个时代批评之所以吸引了大批人并承担了主要启蒙功能的重要原因。

二、审美批评的观念与实践

弘扬经验、强调文本从常识和情感出发，是审美批评的重要特征，同时，八十年代的审美批评还呈现出鲜明的地域特色，主要集中在上海和南方的部分城市，代表批评家有蔡翔、吴亮、程德培、李庆西等。当然，因为与其他批评形态也无必然界限，所以在北京和其他地域的批评家中，也不乏倾向于经验性与审美性的批评家的例证。

"文革"结束之后，审美批评的雏形主要是对文本的艺术分析，比如1978年程德培在《上海文艺》第10期发表的《短小简练 清新自然》，主要是从艺术的角度来分析贾平凹的小说《第一堂课》《满月儿》《第五十三个……》。程德培在文中还认为贾

---

① 南帆. 批评：审美反应的阐释 [J]. 当代作家评论，1986（5）：69.

平凹"善于运用我国人物描写的传统手法,使姐妹俩不同的性格栩栩如生,是《满月儿》的特点"①。这些分析显然已经越出了观念批评、政治判断的套路,注重作品的艺术要素,让人觉得"清新自然",毕竟,那时还没有正式"为文艺正名"。还有一些较早的艺术批评也不能忽略,比如,宋遂良在《文艺报》1979年第2期发表的《秀丽的楠竹和挺拔的白杨——漫谈周立波和柳青的艺术风格》,当时还闹了一个笑话,刘锡诚等人还以为宋遂良是一个女的,因为他的语言太过"秀丽"了,②隽永的语言和艺术的感觉始终贯穿于文章,也如同"秀丽的楠竹和挺拔的白杨"。他对于《山乡巨变》的文本细读,对符赖子和张桂贞调情、秋丝瓜堂客从中凑合的场景的分析与赏读都是非常细致入微,深得人心,总的来说,"立波的文风秀朴、精致、明丽、含蓄;柳青的笔触开阔、高昂、爽朗、豪迈"③。这些分析明显强化了审美风格的重要性。七十年代末这样的批评还是十分少见的,但到1980年以后则迅速增多。以《文学评论》为例,1980年该刊发表了丁永淮的《郭小川诗歌的哲理特色》、丁帆的《谈贾平凹作品的描写艺术》、杨匡汉和杨匡满的《艾青诗歌艺术风格散论》、吴周文的《论杨朔散文的结构艺术》等文章。丁永淮以抒情诗为例,对郭小川诗歌的艺术风格与哲理特色作了探讨和分析,指出了其价值在于如何"使本来抽象、空洞的思想获得了形象的可感的艺术生命"④。丁帆认为贾平凹小说的"特点是显著的,它们有人

---

① 程德培. 短小简练 清新自然 [J]. 上海文艺, 1978 (10):94.
② 刘锡诚. 在文坛边缘上 [M]. 开封:河南大学出版社, 2004:206-207.
③ 宋遂良. 秀丽的楠竹和挺拔的白杨——漫谈周立波和柳青的艺术风格 [J]. 文艺报, 1979 (2):33.
④ 丁永淮. 郭小川诗歌的哲理特色 [J]. 文学评论, 1980 (3):84.

物'姿'和'韵'的意境美；有细节描写的美；有浓郁的生活情趣，洋溢着乡土的气息"①。总体看来，这些批评可以看作是审美批评的前奏，关注艺术生命和美感体验，但在很大程度上多是停留在对艺术因素与风格的分析上。

如果说陈剑晖的文章《文学评论，应加强审美感受力》可以看作是一种自觉而正式的号召，认为"文艺批评要提高质量，要建立自己的权威并引起人们阅读的兴趣，关键在于批评者在从事这项工作时，首先要调动整个心理功能（感觉、想象、感情、理智等），去感受、体验、理解作品，去捕捉美的印象和把握美的特征，并进而做出审美的判断和评价。只有这样，文艺批评才能成为真正意义上的美学批评"②，那么，南帆的文章《批评：审美反映的阐释》就可以视为一种宣言了，认为虽然"批评难以定义。可是，对于我说来，批评乃是审美反应的阐释——这个范围已经足了"③。可见，在文学批评中，作为主体能够审美地把握文学对象，用审美标准评价审美对象已经成为一种自觉意识。几年前，关于朦胧诗的论争，关于人道主义的讨论，关于张洁的《爱，是不能忘记的》与路遥的《人生》引起的道德纠纷还未彻底地尘埃落定，此时很多批评家已经共同认识到应把文学批评的重心转移到作品的美学价值上，"文学批评的研究目标并非一个简单的平面，而是作品的发生至接受整整一个过程，而这个过程所包含的多方面内容使之成为多门学科的交叉点。于是，所谓的检验校正则是将文学批评的探讨集中于作品美学价值的产生、贮存和实现

---

① 丁帆. 谈贾平凹作品的描写艺术 [J]. 文学评论，1980（4）：61.
② 陈剑晖. 文学评论，应加强审美感受力 [J]. 云南师范大学学报，1984（2）：94.
③ 南帆. 批评：审美反应的阐释 [J]. 当代作家评论，1986（5）：72.

的诸环节中，而不至于在通过这个交叉点时不知不觉地逸入其他学科"①。南帆对批评的美学目标与本体属性的理解，显然已经超出了风格学和单纯形式要素的范畴。

审美批评作为一种理想中的批评方式已经吸引了众多的年轻批评家，也毫无疑义地开始占据批评界的中心位置。许子东曾极力呼吁文学批评要有"入"的心境。"在文艺批评中，如果没有必要的'入'，没有某种情感接触，没有真正从艺术感受出发的理解和体察，那评论，很难不浮在概念上兜着枯燥的圆圈，很难把握艺术所特有的复杂性和整体性。讲得再苛刻一点，也就是说，很难真正步入'艺术世界'。"②批评家运用自己的心灵和感情去拥抱作家作品，将自己的个性气质融于批评之中就成了一种风尚，于是，他们的批评便带有了强烈的主观意味与个性判断，弥漫着浓厚的个人风格与情感色彩。虽然带有很多思辨的成分，但情绪所挟裹的美感理解、经验内容、个性气质如同一股强劲的气流一直弥漫在批评的文本之中。这样批评的优势很明显，很容易被读者所接受，批评文字都带着批评家的体温。"他们的批评，还是把对文学本体的直观感受和美学研究当成第一要素，而且，他们的美学批评明显地打上了自己的烙印。"③

吴亮的"批评即选择"在八十年代曾经被多次引用，也是一种具有标志性和代表性的批评话语与价值准则，他认为："文学批评所直接面对着的，并不是世界本身，而是业已被文学家们谈

---

① 南帆. 文学批评的研究方法和研究目标 [J]. 文学评论，1985（4）：41.
② 许子东. 文学批评中的"入"与"出" [J]. 文学评论，1984（3）：124—125.
③ 陈剑晖. 批评，在新的审美坐标上——全国青年评论家评论研讨会 [J]. 天涯，1986（3）：62.

论着的感知化了的世界。从一开始起，文学家们就不能离开个人的观察、感知、体验和其他方式的实践来谈论原本的世界，因此很明白，文学家们呈献给我们的只能是一件非常个人化的世界摹本。"① 强调批评主体感知的重要性显示出审美批评一贯重视经验和文本的立场。在《〈小鲍庄〉的形式与涵义——答友人问》中，他曾强调说："我一直试图把艺术的本体分析和个人感觉融会起来，我知道这样做有不少难点。"② 艺术形态的表现与生成是个过程，同样，对艺术的阐释也是个过程。在吴亮的评论中，敏锐的直觉一直处于极其重要的地位。"我凭着直觉发现，在写这篇小说时，陈村的灵魂已出了窍，几乎是神不附体了。"③ 类似的批评更多的是依赖经验和强调了直觉性的感受，与思辨和推理式的观念批评有明显不同。

在审美批评中还有一个引人注目的人物就是蔡翔，他的《一个理想主义者的精神漫游》也是审美批评的代表作。在文中他把自己幻化为主人公，自觉彰显了作为一个读者的主体意识，几乎是写下了一首浓郁的长篇散文诗。"生命是有限的，谁也无法同那神秘的命运相抗衡。但是，他在创造，他在创造对象的同时，也在创造着自己。他的生命将随着这种创造而得以延续，得以永恒。古老的彩陶汇成了河，它蕴藏着我们民族的生生不息的全部奥秘。"④ 创造、命运、永恒等关键词在这里显示了主体对审美艺术因素的信赖，同时也将新的批评价值观念神话化了。而且蔡

---

① 吴亮. 批评即选择 [A]. 文学的选择 [C]. 杭州：浙江文艺出版社，1985：97.
② 吴亮.《小鲍庄》的形式与涵义——答友人问 [J]. 文艺研究，1985（6）：84.
③ 吴亮. 告别1986 [J]. 当代作家评论，1987（2）：92.
④ 蔡翔. 一个理想主义者的精神漫游 [J]. 读书，1984（4）：54.

翔也强调"只有把作品放在我们整个时代的背景中，我们才能理解，为什么《北方的河》会如此迅速地征服我们；才能理解在这个精神漫游者的身上蕴藏着的是坚忍，而不是迷惘；才能深切感受到这种骚动不安的情绪不是对现实的逃避，而是一种主动的进击。"①显然，这已不仅仅是对单个作家和作品的审美阐释，更是对其审美本体论批评观的渲染与强调。以蔡翔为代表的"我们"已经被《北方的河》所征服，在很大程度上，蔡翔的批评就是接受美学中主体意识参与的最大化。作为批评文本，它也最大限度地"审美化了"，在一篇5100多字的文章中竟然有68个段落，平均70多个字就构成一个段落。这种试图与原作相媲美的形式追求在八十年代的审美批评中很有代表性。"就批评的根本意义而言，缺乏评判能力的批评是软弱无力的。"②为什么蔡翔对《北方的河》做出如此的判断呢？为什么蔡翔这样的批评会成为情感色彩浓郁的抒情文体呢？这正是审美批评观念得以立足、扎根并最大限度地放大了其功能与作用的表现。

三、审美批评的活力与困境

"审美批评是批评者在对艺术作品审美体验的基础上进行的美的分析，由此构成对艺术作品的审美评价。"③这种批评观念与方式在二十世纪八十年代初期的意义当然是不言自明的，它重新确立了文学的审美本质和属性，以便捷的方式很快打破僵局，

---

① 蔡翔. 一个理想主义者的精神漫游 [J]. 读书，1984（4）：58.
② 南帆. 文学批评中美学观念的历史感与现实感 [J]. 文学评论，1985（1）：52.
③ 吴家荣，陈建设. 论审美批评 [J]. 文艺研究，2008（8）：158.

使得文学批评从政治的挟持中分离出来，为文学批评带来了内在的活力。但由于审美批评过分依赖个人经验和文本，也造成了理论支持的贫乏，主观意识的不断强化在另一层面上又忽略了文学的社会价值、文化心理内涵及本体价值。

首先一个困境是，二十世纪八十年代中期，随着社会观念的解放，文学的内容与形式变得空前复杂化了，随着西方现代哲学与文化理论的大量译介，人们对文学的理解与认知方式也迅速复杂和多维化，精神分析学、人类学等理论的进入，使得作家们纷纷打破以往关于"美善"的道德审美神话，开始频繁展现以审丑为特征的生命意志与生存竞争的主题，这也一下子使审美批评陷入了失效的尴尬境地。审丑元素的介入打开了作品的另一个世界，同时也对传统美学观念形成了冲击和挑战，因此有的学者极力呼吁："美的必是真的，真的却不都是美的，真中有美，也有丑，能不能化丑为美，使生活中丑的事物获得审美价值，全在于作者对待丑的态度。像《达哥》中这样的描写，我认为不是审丑为美，化丑为美，而是以丑为美，因而只能使丑更丑。"① 类似的批评观念实际也是对"审美"的习惯性观念提出质疑。

基于此种变化，有一些青年批评家依靠极其敏锐的领悟能力和宏观把握能力对于新时期部分小说审丑意识给予了及时的理论总结。比如潘凯雄和贺绍俊在《审丑：艺术的别一魅力》一文中提出了审美意识的另一个层面"审丑意识"，扩张了原有的美学空间，他们"用'丑'这个美学范畴来概括这种令人陌生、令人战栗、甚至令人毛骨悚然的文学现象"②，审丑作为艺术的应

---

① 牛若. 审丑为美还是以丑为美？[J]. 理论与创作，1988（3）：71.
② 贺绍俊，潘凯雄. 审丑：艺术的别一魅力[J]. 上海文论，1987（1）：51.

有之义，在该文中得到了合法性的诠释，他们不仅肯定了审丑的艺术，而且还对丑的生成的现实条件给予了历史和当下的分析，得出这样的判断："正是中国十年浩劫的畸形生活孕育了这批描写丑、表现丑的作品，这些作家用丑艺术来表现他们的思考，同样是一种执着的真诚和追求。"①并且预言："在目前，我们写实的文化传统精神还不会把丑作为独立的自在物去构筑一个超现实的王国而统治整个艺术。因此似乎也很难想象将会立即发生一场重大的美学思想的革命。"他们的预言相当审慎，但实际上在1985年中国的文坛上确实发生了整体性和结构性的审美变迁，随着马原、扎西达娃、残雪、莫言等一批新潮小说作家登上文坛，个体无意识世界、原始的生命边界和五光十色的民俗与宗教文化成为小说所承载的主要内容，这必然给批评带来新的要求。

来自八十年代审美批评主体的局限性却限制了其进一步深化与扩展的可能性。吴亮、程德培式的灵感飞动、闪现才华的批评很快淡出了人们的视野，他们自己也相继放弃了曾得心应手的方法和套路。这在某种程度上可以说象征了审美批评神话的破灭。如果不与日益丰富驳杂的文化理论结合，它很难再有现实及物性。韦勒克与沃伦在其合著的《文学理论》中，就有过如此审慎的提醒："当某一文学作品成功地发挥其作用时，快感和有用性这两个'基调'不应该简单地共存，而应该交汇在一起。"②实际上，离开复杂的现实性，审美有时是很脆弱的。它过分强大了主体，而忽略了客体本身的复杂与多维，同时也将文学的功能由一个极

---

① 贺绍俊，潘凯雄. 审丑：艺术的别一魅力 [J]. 上海文论，1987（1）：55.
② 【美】勒内·韦勒克，奥斯汀·沃伦；刘象愚，等译. 文学理论 [M]. 北京：三联书店，1984：20.

端推向另一个极端。

正如有学者在评述接受美学与审美批评时指出的，"姚斯认为，审美经验这种生产——接受——交流的流动史，是人性深度的一种自我追寻，经过审美经验过程所有阶段以后，人们的发现，那种有限与无限沟通的审美同一性即向自己讲述一种可能性，就是永不放弃地对自身同一化的追问。"① 在审美批评的运用与实践过程中，很大程度上也是对批评家自我的追寻。审美内驱力的重新启动与自我的确认是同步进行的。"我所评论的就是我"（许子东演变的沙朗士语）的口号之所以引起了很多批评家的呼应，就是因为批评家要寻找自己的位置。这口号本身没有错，但批评家在批评的时候，不由自主地放大了"我"，而有些脱离作品本身所提供的信息，审美体验的含量也在不经意中被放大。事实上，在现代艺术中，对"真"的追求，即对存在的认知、对生存的不无残酷的体验与勘探超出了古典时期艺术家对美善的认知与追求，因此认知超出审美是一种常态，审美价值也并不一定是作者创作的原动力，正如西方现代派小说大师卡夫卡所说："我被疯狂的时代鞭打之后，用一种对我周围每个人说来是最残酷的方式进行写作，这对于我是地球上最重要的事情。"② 就连中国古代的批评家也意识到了类似的问题，张竹坡在《竹坡闲话》的开始就说道："《金瓶梅》，何为而有此书也哉？曰：此仁人志士、孝子悌弟不得于时，上不能问诸天，下不能告诸人，悲愤呜唈，而作秽言以泄

---

① 阎国忠主编. 西方著名美学家评传 [M]. 合肥：安徽教育出版社，1991：637.
② 叶廷芳. 现代艺术的探险者 [M]. 广州：花城出版社，1986：182.

其愤也。"① 所以,"秽言泄愤""残酷写作"都是文学的常态,作家写作的目的是非常多元化的,相应的批评研究也应该是多元化的。在中外文学史上,像屈原、白居易、雨果、巴尔扎克、托尔斯泰等许多作家的辉煌成就足以证明:如果作家是处于个人的选择,即使有着很强的政治色彩,也不会成为作品的缺陷,反而可以创作出世界一流作品。基于中国特殊的历史现实,审美的复位迅速激活了文学批评的发展,但也容易造成审美幻觉,"细心地把审美想象和审美幻觉区分开来,批判审美幻觉的催眠作用,也许是理论和批评应该正视的严峻问题"②。的确,由于审美批评理论支持的贫乏,其"乌托邦"的局限与问题很快使其沉落,并融入了二十世纪八十年代后期更为综合和成熟的文化批评与更为专业的形式批评之中。

---

① 张竹坡(点评). 金瓶梅 [M]. 济南:齐鲁书社,1991:8.
② 王杰. 文学与鸦片——审美幻觉批判 [J]. 文艺争鸣,1989(1):41.

第四节　形式批评

在俄国的形式主义批评、英美的新批评以及法国的结构主义等理论的启发下,形式批评在二十世纪八十年代中后期开始萌动,这是"十七年文学"批评中所完全没有的新的方法与实践,它融合了大量的新知与陌生化理论,对文本进行了专业化、技术性的分析,并为九十年代文学批评的专业化与学院化转向打下了基础。当然,它在最大限度地彰显了文本本身的同时,也存在着技术化和"非人文化"的缺陷,在九十年代随着后现代理论、大众文化研究、解构主义理论的融入与结合,这些问题逐渐得到改造和纠正。

一、形式批评的资源构成

"形式"在我国传统文学批评观念中相对处于下风,有时甚至是被视为文辞和技巧之类的"雕虫小技"。由于古代批评家通常使用"意象""意境""神韵""滋味"等综合而边缘的范畴,崇尚"境界"而不推重形式分析,所以并不存在一个明显和专业的形式批评传统。《文艺理论研究》1982年第3期发表了魏伯·司各特的《当代英美文艺批评的五种模式》一文,该文对"形式主义批评"做了一个较为宽泛的解释，指出"其他常用的术语有：美学批评，文字批评，本体批评，最常用的是'新批评'"①。本文中的"形式批评"也即是指受到俄国的形式主义批评、英美的新批评以及法国的结构主义批评等理论的启发影响的、杂糅了以上几种理论方法并具有本体经验特色的文学批评。

"文革"后，真正有影响的介绍结构主义的第一篇文章是1979年袁可嘉发表的《结构主义文学理论述评》②，他在该文中系统地介绍了结构主义的历史发展及其在戏剧、诗歌、散文中的创作与批评实践，并概括出了结构主义的三种基本情况：一种是从语言学出发，以分析文学作品中的语法结构为主要任务；另一种以人类学、精神分析学的假设为依据，努力发掘神话、童话中的无意识结构；第三类结构主义者就某个文学体裁内部的模式演变进行论述，力图发现一些规律性的东西。这篇文章为结构主义理论批评在中国的传播开了先河，文中的很多观点经常被后来的研究者所引用，比如，季红真的《文学批评中的系统方法和结构原则》③就引用了该文章的观点。1980年，商务印书馆出版布洛克曼的专著《结构主义》（李幼蒸译）是国内出现的第一部专门论述结构主义的译著，这部书为结构主义在中国的传播起到很大的促进作用。

从1983年开始，张隆溪以"西方文论略览"为总标题，在《读书》杂志上连续发表了11篇介绍现代西方文论的文章，其中关于结

---

① 【美】魏伯·司各特；蓝仁哲，译. 当代英美文艺批评的五种模式 [J]. 文艺理论研究，1982（3）：154.
② 袁可嘉. 结构主义文学理论述评 [J]. 世界文学，1979（2）.
③ 季红真. 文学批评中的系统方法和结构原则 [J]. 文艺理论研究，1984（3）：10.

构主义的有4篇：《语言的牢房——结构主义的语言学和人类学》（1983年第9期）、《诗的解剖——现代西方文论略览·结构主义诗论》（1983年第10期）、《故事下面的故事——论结构主义叙事学》（1983年第11期）、《结构的消失——后结构主义的消解式批评》（1983年第12期）。这一系列的文章详细地介绍了结构主义的核心理论，以《故事下面的故事——论结构主义叙事学》为例，在文中他通过对普洛普的童话功能理论的概括，归纳出这样一个基本理路："结构主义叙事学一直把各种形式的叙事作品不断加以简化、归纳和概括，追寻最基本的叙述结构，发现隐藏在一切故事下面那个基本的故事。列维－斯特劳斯认为神话分析的目的是达到人类思维的'无意识基础'，托多洛夫宣称研究文学的语法是为了最终认识那决定世界结构本身的'普遍的语法'。"同时，他在文章中又指出结构主义在提供了另一种可能的视野和前提下又存在着先天的局限："这种追寻基本故事的努力使结构主义叙事学显然趋于简单化和抽象化，离文学的具体性越来越远，也就逐渐脱离文学中丰富的内容，使结构主义文论显得虚玄而枯燥，缺乏生动的魅力。"① 由于张隆溪对结构主义的研究是以占有大量西方第一手资料为基础的，所以，他的介绍不仅高屋建瓴，而且详细准确。

二十世纪八十年代上半期，结构主义理论的引进还是较为初步的，系统的专著较少，局限于有限的几篇文章。但这种情况到八十年代中期就有了明显的改善，比如1984年商务印书馆出版皮亚杰的《结构主义》（倪连生等译）、1987年商务印书馆出版

---

① 张隆溪. 故事下面的故事——论结构主义叙事学 [J]. 读书, 1983（11）：116-117.

列维-斯特劳斯的《野性的思维》（李幼蒸译）、1987年上海译文出版社出版特伦斯·霍克斯的《结构主义和符号学》（瞿铁鹏译）、1988年三联书店出版罗兰·巴尔特的《符号学原理——结构主义文学理论文选》（李幼蒸译）、1988年三联书店出版罗伯特·休斯的《文学结构主义》（刘豫译）、1988年上海译文出版社出版伊·库兹韦尔的《结构主义时代》（尹大贻译）等专著，同时还有一些译介丛书中有专章介绍结构主义和符号学理论，比如1988年中国社会科学出版社出版的特里·伊格尔顿的《当代西方文学理论》（王逢振译）。1989年，胡经之、张首映主编了一套《西方二十世纪文论选》，其中第二卷系统地译介了法国结构主义代表人物巴尔特、托多洛夫、热奈特等的代表著作，可见，八十年代后半期是结构主义引进的发展阶段，为同期的形式批评提供了强大的理论支撑。

1983年，张隆溪在《艺术旗帜上的颜色——俄国形式主义与捷克结构主义》一文中详细介绍了施克洛夫斯基的"陌生化"理论："如果说雅各布森的'文学性'概念从语言特点上把文学区别于非文学，什克洛夫斯基的'陌生化'概念则进一步强调艺术感受性和日常生活的习惯性格格不入。文学的语言不是指向外在现实，而是指向自己；文学绝非生活的模仿或反映，而是生活的变形：生活的素材在艺术形式中出现时，总是展现出新奇的、与日常现实全然不同的面貌。"① 俄国形式主义的"陌生化"就是文学追求自身的途径之一，不断地自我超越，不仅是语言形式上的，还是思想上的。

---

① 张隆溪. 艺术旗帜上的颜色——俄国形式主义与捷克结构主义 [J]. 读书, 1983（8）：88.

什克洛夫斯基提出了"文学语言"与"日常语言"的区别，文学话语对日常话语的反抗，重新为文学批评提供了另一个空间。普洛普的《民间故事形态学》也是形式批评的理论之一，在《民间故事形态学》中，普洛普通过对一百个俄罗斯民间故事的分析，总结出三十一种功能和七个行动范围。这三十一种功能和七个行动范围构成了所有民间故事的基本故事，现存的一切民间故事都不过是这基本故事的变体和显现。什克洛夫斯基作为形式主义理论的代表人物开启了先河，提出了"陌生化"理论，这一理论在二十世纪二三十年代布拉格的结构功能学派、四五十年代英美新批评派和六十年代以后法国结构主义都有接续和发展，甚至把形式推到了艺术的本体高度，形成了世界范围内的影响。1989年，什克洛夫斯基等的《俄国形式主义文论选》由三联书店出版，作为"现代西方学术文库"中的重要书目为形式主义批评的介绍起到了推波助澜的作用。同年，北京大学出版社出版艾布拉姆斯的《镜与灯》，作者在该书中梳理出文学批评的四个坐标，即世界、作品、艺术家和欣赏者，"其中有三类主要就作品与另一要素（世界、欣赏者或艺术家）的关系来解释作品，第四类则把作品视为一个自足体孤立起来加以研究"①，也就是说，作品是所有研究中的核心和纽带，而且还可以自己成为一个自足的个体。

对当代文学批评来说，《现代美英资产阶级文艺理论文选》（1962年版，作家出版社）在新批评的译介历史上非常重要，艾略特的《传统与个人才能》、瑞恰兹的《文学批评原理》、兰塞姆的《纯属思考推理的文学批评》、布鲁克斯的《反讽——一种

---

① 【美】M.H·艾布拉姆斯. 镜与灯 [M]. 北京：北京大学出版社，1989：5-7.

结构原则》都被纳入其中。1988年，赵毅衡编选《"新批评"文集》，艾略特、兰塞姆、布鲁克斯、燕卜荪等人的文章再次被编入，因此，该书成为介绍新批评的重要文本。1989年，史亮编选的《新批评》由四川文艺出版社出版，收选了有别于《"新批评"文集》的一些文章，比如布鲁克斯的《济慈的林野史家：没有注脚的历史》，这些编著的出版都极大地促进了人们对新批评的了解。

除了这些编选的著作以外，一些关于新批评的重点文章和专著也是不能忽略的，1981年杨周翰发表的《新批评派的启示》[①]和1983年张隆溪发表的《作品本体的崇拜——论英美新批评》[②]都是内行而权威的介绍之作。张隆溪发表的文章中介绍了艾略特、兰索姆（兰塞姆）、理查兹等人对新批评的阐释，强调其"文学本体论"的倾向和"细读"的策略。1984年11月，韦勒克和沃伦所著的《文学理论》（刘象愚等译）由三联书店出版，它引发了人们对"内部研究"和"外部研究"的理论区别，并且促使研究者更加重视"内部研究"。1986年，赵毅衡的专著《新批评——一种独特的形式主义文论》由中国社会科学出版社出版，该书将新批评置于唯美主义到结构主义的整个西方形式主义发展潮流中，多角度、多层次地剖析了这一流派的思想倾向、理论体系及其哲学基础、方法论特点和对诗歌语言研究的成就和缺点。他指出，新批评与形式主义批评有惊人的相似，也可以说"它是我们通常所说的一个独特的形式主义文论派别"[③]。

还有兰塞姆提出的"架构-肌质"说就是针对作品的结构而言，

---

① 杨周翰. 新批评派的启示 [J]. 国外文学，1981（1）：9.
② 张隆溪. 作品本体的崇拜——论英美新批评 [J]. 读书，1983（7）：104-111.
③ 赵毅衡. "新批评"文集 [C]. 北京：中国社会科学出版社，1988（前言）：1.

他认为道德论、感情论、感觉论、表现论等都没有解决诗歌与科学的分野问题，"除了用'本体'字样，就无法说明"①。他还阐述了"细读"作为批评的重要策略的必要性："作详细的不惜篇幅的结构和语义的分析评论，而对于文本以外的任何因素不做考虑。"②这种对"作品"的重视，对"作者"的质疑和淡化是很重要的，对于文本本身的历史超越性与文学家个性的彰显有关键性的意义。这些著述对当代中国的年轻批评家产生了相当强烈的启示与影响。

二、形式批评的几种形式

二十世纪八十年代上半期是形式批评理论初步的译介阶段，还没有被实践化；到了八十年代中后期，随着新潮小说的崛起，形式批评才逐渐成形并浮出水面。不过，这一时期的形式批评还主要集中于初步的文体讨论和朦胧的叙事学分析上。

俄国的形式主义批评和稍后在英美发展起来的新批评有一种相近的文学观念，那就是将"形式"规定为文学所具有的"文学性"，认为文学之所以成为文学就在于它的"文学性"，在于作品的"形式"或者说在于"文本"之中。因此，文体和叙事是形式批评的重点所在。而八十年代初期的中国，"形式"的地位还很边缘，李陀曾惋惜地说："至少自新中国成立以来，我们文学界始终没

---

① 赵毅衡. 新批评———种独特的形式主义文论 [M]. 北京：中国社会科学出版社，1986：14.
② 赵毅衡. 新批评———种独特的形式主义文论 [M]. 北京：中国社会科学出版社，1986：103.

有形成一种分析、研究、探索艺术技巧的风气。"① 他坚持认为："就艺术探索来说，寻找、发现、创造适合表现我们这个独特而伟大时代的特写内容的文学形式，是我们作家注意力的一个'焦点'。"②

在小说技术的诠释和推动下，很多作家开始关注小说的形式问题，开始愈来愈注重"怎么写"的问题。与此同时，批评家也不断增强文体意识，注重作品的"内部研究"，其研究的重点多集中在结构形式、叙述方式或语言传达等小说文体的某一个侧面的研究上。尽管这种研究还带有不成熟的一面，但已经是八十年代文学批评的重大突破了。正如白烨当时所概括和描述的："在这由众多个体探求所构成的宏观景象中，最重要，最动人的探索，还要属文学的主体性问题、文学的艺术形式问题的提出和讨论。"③ 因为文学的主体性问题揭示了"文学是怎样的'人学'"，而文学的艺术形式问题探讨了"文学是怎样的文学"，这都是本质性的关键性的问题，都直接或间接地涉及文体自身。

稍后，关于"文体"的观念逐渐清晰起来，刘再复的讨论可谓最为经典。"文体这一概念包括两项最基本的构成因素：一是外形式，即语言体式；二是内形式，即内在结构和总体风格。但这种形式，不是纯粹的形式，而是积淀着思想的'有意味的形式'。"④ 很显然，八十年代形式批评主要集中在语言和结构两个重要方面。首先，从语言的角度来看，文学话语常常是社会无意识的代言，那么，语言的变革恰恰就是要确立一种新的价值体

---

① 李陀. "现代小说"不等于"现代派"——李陀给刘心武的信 [J]. 上海文学，1982（8）：91-92.

② 李陀. "现代小说"不等于"现代派"——李陀给刘心武的信 [J]. 上海文学，1982（8）：91-94.

③ 白烨. 近期文学理论批评动向 [J]. 文艺理论研究，1986（5）：45.

④ 刘再复. 论八十年代文学批评的文体革命 [J]. 文学评论，1989（1）：5.

系。八十年代初期的文学批评虽然也涉及语言，但这种提及和分析只是在艺术审美的层面上进行阐释。比如杨匡汉和杨匡满对艾青诗歌的批评，他们认为："艾青用现代的生活语言和修辞手法写作，但又不摈弃民族传统的技巧。他巧妙而突出地运用比喻，使之成为一种桥梁，在景物与情意之间找到自然的契合，让艺术形象因可感可触而靠近现实。"① 这里对语言的讨论还只是工具论意义上的。周介人则从语言的魅力和限制两方面来看语言的变异，他指出："作为文学工作者，我们特别能感受到语言的魅力，享受到驾驭语言时创造的快乐。同时，我们又感受到了语言的困惑。产生这种困惑的一个重要原因，是我们深深感到无法把人的全部本质力量，统统纳入词语系统来加以明确的表述。"② 对于语言变化在文学批评中的意义，黄子平的理解和阐释较具高度，他指出："文学作品以其独特的语言结构提醒我们：它自身的价值，不要到语言的'后面'去寻找本来就存在于语言之中的线索。"③ 这意味着语言作为"本体"的意识自觉，也是形式批评中重要的理论转折。

李劼也把语言看作一种具有本体意味的东西，在《论小说语言的故事功能》④中，他借用了巴尔特在《叙事作品结构分析导论》中的"功能层"和"叙述层"，论述了小说语言的故事生成、故事催化、故事隐喻功能。在《论中国当代新潮小说的语言结构》一文中，他说"我在《论小说语言的故事功能》一文中，通过对《百年孤独》中的第一句句子的结构分析，曾经模模糊糊地意识

---

① 杨匡汉，杨匡满. 艾青诗歌艺术风格散论 [J]. 文学评论，1980（4）：48.
② 周介人. 文学探讨的当代意识背景 [J]. 文学自由谈，1986（1）：38.
③ 黄子平. 得意莫忘言 [J]. 上海文学，1985（11）：84-88.
④ 李劼. 论小说语言的故事功能 [J]. 上海文论，1988（2）.

到句子结构和叙事结构的那种对应关系。但我当时不敢肯定这两者之间是否存在着对称性。后来在对新潮小说的抽样分析中,我发现我在论述《百年孤独》时意识到的那种对称性,不是孤立的、偶然的,而是一种相当普遍的小说语言现象"。于是,通过对阿城的《棋王》、刘索拉的《蓝天碧海》、孙甘露的《信使之函》、马原的《虚构》做了一个论证句子结构和叙事结构的对称性的小说语言研究的尝试。最终,他"找到了进入小说语言学的切口,也找到了对新潮小说的新的认知方式和阐释角度"①。

二十世纪西方文化的历史经常被比喻为经历了一场"语言学的革命"。传统的"人是理性的动物"的观念被"人是语言的动物"的观念取代,也表明了语言作为认知本体与意义本体的价值与地位。但这并不意味着对汉语文学的理解认知也像西方新批评与结构主义批评那样完全落脚于对语言与结构功能的分析,有的批评家就特别强调汉语的本土特征,"以为'文气'是由汉语的特点形成的文章的内在节奏;它表达情感并由情感所推动;它连接句读的流块并以个别的语象堆成总体的意象"②。如同韩愈的"气盛言宜",这应该是一种很好的提醒。

1984年,季红真发表了《文学批评中的系统方法和结构原则》,她试图"在历史唯物主义的系统方法中,引进结构原则,对复杂的文学现象进行综合的整体研究"③,"尝试一下用辩证唯物主义与历史唯物主义的基本方法思想,重新阐释结构原则的基本范

---

① 李劼. 论中国当代新潮小说的语言结构 [J]. 文学评论, 1988(5): 110.
② 李国涛. 小说批评与文气说 [J]. 上海文学, 1989(3): 71.
③ 季红真. 文学批评中的系统方法和结构原则 [J]. 文艺理论研究, 1984(3): 10.

畴,来建立一个初步的理论模式"①。这个理论模式由三组二元对立的关系组成,表层结构与深层结构、内部结构与外部结构、静态结构与动态结构。这种模式既考虑到了结构主义的内在组成,又扩展到了外部的社会结构,因此该文具有一种整体和宏观的视野。1989年,吴亮等专门编选一本《结构主义小说》,由时代文艺出版社出版,收入了马原、格非、洪峰等9人的小说,在前言中,编者认为"怎样叙述"的核心问题是个结构问题。可见,这对他早先对马原小说"叙事圈套"的分析是一个理论的提升和补充。在八十年代后期,小说的结构问题与叙事观念越来越受到批评家的关注。

形式主义不仅对语言和结构进行了革命性的颠覆,而且也非常关注文学修辞和文学叙事。这自觉的结果是开启了叙事学批评的先河,典型的就是普洛普的民间故事模式的功能分析。在八十年代形式批评中,最初把"叙述"作为批评中心的论文应该是吴亮的《马原的叙述圈套》②。吴亮之所以成为批评界的"明星",除了他的才气之外,更重要的是他选择了马原,选择了从叙述的角度进行作家作品的研究。从这个意义上来说,吴亮的文学批评开始回到文学本体本身,从形式出发阐述马原作品的意义。但吴亮此时的论述中,显然还有两个不足:一是并未上升到结构主义叙事学的理论高度来进行技术剖析;二是还把叙事圈套当作一种形式把戏,而未与作家对西藏特有的神秘主义宗教文化的描写本身结合起来加以认识。还有批评家把某些作家都称为"形式主义

---

① 季红真. 文学批评中的系统方法和结构原则 [J]. 文艺理论研究, 1984(3): 12.

② 吴亮. 马原的叙事圈套 [J]. 当代作家评论, 1987(3).

小说家",比如,"到格非手里,则把个性的张扬更自觉地倾注于形式的追求之中。他的小说有一种无与伦比的形式美,称格非为形式主义小说家,并不是贬词,在文体革命中,他是独树一帜的。而《迷舟》无论是语言的选择、结构的布置还是表达的方式,都达到了珠润玉圆天衣无缝的境界,从而将它的迷宫构建得曲折回环、璀璨夺目。"①这种文体讨论还带有浓重的内容分析,通过故事情节的分析,论者最终得出"总之,觉得冥冥之中有一种不可知的力量在操纵"②。但这时的批评家大概还不能把形式、叙事和作品所承载与表达的世界观结合起来加以认识,他们尚无法意识到这种力量不仅仅是形式上的荒诞,还是格非骨子里对命运的理解,这种理解是更接近于中国传统哲学和世界观的认知方式。

陈平原的《中国小说叙事模式的转变》就是采用了叙事模式的转变作为研究的切入口,他认为,"中国小说叙事模式的转变应该包括叙事时间、叙事角度、叙事结构三个层次"③,其中叙事时间参考了俄国形式主义学派对"故事"和"情节"的区分,陈平原借用和改造了热奈特、托多洛夫、俄国形式主义学派的叙事学理论模式,设计了独特的带有"中国作风"的叙事理论框架。这些也都带有八十年代形式观念与叙事学观念的特点,即单纯的形式观念,而未能把叙事上升为意义本体的高度。如果说文体学在中国有较为成熟的理论研究的话,那是二十世纪九十年代的事情了,较早的丛书就是童庆炳主编的《文体学丛书》。从王蒙在

---

① 钟本康."格非迷宫"与形式追求——《迷舟》的文体批评 [J]. 当代作家评论,1989(6):88.
② 钟本康."格非迷宫"与形式追求——《迷舟》的文体批评 [J]. 当代作家评论,1989(6):90-91.
③ 陈平原. 中国小说叙事模式的转变 [M]. 上海:上海人民出版社,1988:4.

序言中的热情而激动的表述中就可见一斑,"谢天谢地,现在终于可以研究文体了"①。

在八十年代中后期,批评家对形式批评表现出了前所未有的实验热情和冲动,实验作品的到来也促使批评家认真解读它们,并试图从理论上给予有效的阐释。比如1984年黄子平在《论中国当代短篇小说的艺术发展》一文中用"结构-功能"的分析取代了传统的"形式-内容"的分析;李洁非、张陵的《"再现真实":一个结构语言学的反诘》也是从结构角度来予以阐释的;李劼的《试论文学形式的本体意味》是从小说的语言学角度分析的;程德培的《叙述的冲突》②是从叙述角度来进行解读的;陈晓明的《后新潮小说的叙事变奏》③也是从叙事学角度来讨论的。这些带有新意的解读初步显示了形式批评的有效性和生长性。

三、本体复活与主体失落

形式批评把文体和叙事作为文学本体性的力量,强化了形式要素作为批评视野与对象的重要性,但却忽视了结构形成、发展的外部历史条件,也忽视了创作的主体力量。

形式批评的发现给中国批评界开启了一扇明亮之窗,批评家在兴奋和欣喜中实验并感受着它。形式批评的结构化把文学批评变为一种智力游戏,同时,也在很大程度上疏离了读者。这种痕

---

① 童庆炳主编. 文体学丛书[M]. 昆明:云南人民出版社,1994:序言.
② 程德培. 叙述的冲突[J]. 艺术广角,1987(1).
③ 陈晓明. 后新潮小说的叙事变奏[J]. 上海文学,1989(7).

迹在二十世纪八十年代后期还不是很明显，因为批评家对形式批评的热情依然高涨，而且它还可以带来无限的愉悦，比如李洁非说过："充分的逻辑力量实际上正是批评语言特殊的一种'美感'，条理分明、严谨缜密的表述能够造成有别于诗体美文的内在美感，这大约正像一道数学方程式所唤起的那种均衡简洁的感受一样，令人在智力上有无限愉快。"① 这种"智力"增长的诉求反映了八十年代文化的共同逻辑，与"方法热"有显而易见的共振关系。它可以说极大地推动了文学批评从与意识形态纠缠不清的关系中解脱出来的进程，使之获得了专业意义上的独立品质。但是作为一种批评方法，它当然也不是完美无缺的。

形式批评呼吁批评家把注意力放在"可写的文本"上，在《S/Z》一书中，罗兰·巴特认为"可读的文本"是读者知道应该怎样去读，能够读懂的作品，如十九世纪巴尔扎克式的现实主义小说，它是按照读者熟悉的"密码"写成的。"可写的文本"则不同，作者和读者之间没有达成"默契"，如法国"新小说"派的小说。这类作品读者不知道其中的"密码"，因而无从理解作品。巴特认为，第一种作品，只供读者消费，不能与作品一块"生产"出新的意义，仅仅给人一种享乐、消遣，一般读者习惯这样。第二种作品则提供了一种新的文学价值观，文学不在于如何表现世界或解释世界，而在于文学自身。② 虽然批评家被这种"可写的文本"所诱惑，但也意识到了其中的局限性，比如李劼就在尝试这种批评的同时也表露出一种不满足，认为

---

① 李洁非. 文学批评的语言问题 [J]. 文艺评论，1989（3）：35.
② 胡经之，张首映. 西方二十世纪文论史 [M]. 北京：中国社会科学出版社，1988：190.

它"是如此一反我以往的评论风格，以至于整个的论述几乎是一个求证小说语言的句子结构和小说语言的叙事结构之间的对称性的实验报告"①。

解释世界和文学自身的说法总是比供读者消费更具有诱惑力，尤其是二十世纪八十年代的理想主义氛围下，对作家和批评家来说，最重要的就是文学本身，对创新因素的期许，对形式变幻的热爱，对"新潮"和"先锋"标识的认同，都推动了"形式的崇拜"和"语言的牢笼"的同时诞生。形式批评这种带有"架空"意味的分析在一定程度上也阻碍了文学与外部世界的联系，在一定程度上变为"空中楼阁"，最大的问题在于对主体的否定。它将艺术和形式推向了一种"异化"的因素和力量，反过来冲击了刚刚建立起来的"主体""人道主义"等观念，这一戏剧性的结果正如福柯所说的，"人不过是一种近代发明，是一个还不到两百年的形象，是我们认识上的一个简单的褶皱，而一旦认识找到新的形式，他就会立即消失"②。作为思维主体的人被遮蔽在语言和结构之中。的确如此，如果过分推重语言结构原理，把崇尚语言和叙事的精神推向极端，就很容易在将批评烦琐化的同时将文学简单化，再度遗忘"文学是人学"的至理，使批评变为一种灰色的理论分析。

对于中国文学批评界来说，作品和现实的关系曾经是最重要的理论视阈，这导致了观念化的社会学批评长期占据核心位置，但反过来如果完全不考虑作家个人及其时代环境对作品的

---

① 李劼. 论中国当代新潮小说的语言结构 [J]. 文学评论, 1988（5）: 110.
② 【法】米歇尔·福柯. 言与物 [M]// 张隆溪. 二十世纪西方文论. 三联书店, 1986: 108.

影响，也会使文学批评流于技术主义的片面和单薄。实际上，在二十世纪三十年代，什克洛夫斯基也注意到了形式主义批评固有的缺陷。他告诫说："不管怎样，我们应当将整个作品当作信息来理解，作品不应该被看成一种囿于无意义的容器或'形式'中的'内容'。"① 呼吁重视其社会学的内容。"在他看来，文学属于一种社会现象，由许多系列或结构构成。尽管人们可以主张任何特定的系列都具有'相对的'自足性，但任何系列都不是完全独立的。"② 这反证了形式主义理论本身的不足，它是批评的工具之一和出发点，却不应是归宿和意义所在。

八十年代新潮小说作家为何备受批评的关注？因为作家通过叙述语言和形式的陌生变化来对抗以往的现实主义文学，这种探索精神带来了种种新的可能性，但在一些片面追求叙事形式的作家那里并不成功，比如李劼用何立伟的《一夕三逝·空船》和阿城的《棋王》中的语言为例经过对比分析之后，认为前者的："语感没有天生的先验性，而全然依靠后天的知识性累积。不是文学家的灵感闪光，而是一种娴熟的文字技巧。"③ 这种对于语言的崇拜导致忽视了主体的存在，虽然提升了语言的地位，但同时割裂了内容与叙述、语言之间的一体关系。语言与形式的封闭化和绝对化，就必然会把人的历史经验排斥在外。马原的小说也是一个例子。他过分强调叙述本身的"实验"意味，便陷入了单纯的"炫技"，而不能将魔幻意味的写作同

---

① 【联邦德国】H.R·姚斯，【美】R.C·霍拉勃；周宁，等译. 接受美学与接受理论[M]. 沈阳：辽宁人民出版社，1987：311.

② 【联邦德国】H.R·姚斯，【美】R.C·霍拉勃；周宁，等译. 接受美学与接受理论[M]. 沈阳：辽宁人民出版社，1987：314.

③ 李劼. 试论文学形式的本体意味——文学语言学初探[J]. 上海文学，1987(3)：81.

对西藏文化本身特点的探究结合起来，这也使批评家对于他的过度推崇陷入了偏执和片面，成为一种"先锋的假识"和"形式的迷津"。而相形之下，扎西达娃的小说刚好避免了这种片面，能够将形式的幻惑与文化的思考统一起来，可是戏剧的是，他却并未得到形式主义批评家的认真关注。

艺术形式是一个和谐统一的有机整体，一个有生命的完整世界。任何形式因素都是整体的不可分割的一部分，它们之间又互相联系、互相依存。从这个意义上说，形式批评"一方面确实给中国的文学研究带来了新鲜气息，另一方面它又未能融入中国文学的研究基质，始终有'隔'的感觉"①。因为一方面中西方文化的语言观是不一样的，"西方的'逻各斯'最终由语言体现，而中国的'道'则是语言所不能抵达的"②。再者，中国传统文化之中向来是追寻"天人合一"而不是"物我对立"的，中国古代的批评概念，如意境、神韵、风骨、性灵等所含有的精神意向难以用客观的形式来分析。

虽然形式批评本身有局限性，但它却更新或扩充了审美批评、文化批评和本土经验性批评的某些观念，如精神分析学说中拉康对语言补充的新意，使九十年代的文化批评、学院批评获得了不可轻视的动力，在结合了巴赫金的叙事学理论、精神分析学中拉康的镜像理论和后现代主义的历史与叙事诗学之后，特别是在吸收了德里达的解构主义理论、福柯的哲学思想之后，形式研究与批评找到了指向内容与文化、历史与政治的正确方

---

① 屈雅君. 新时期文学批评模式研究 [M]. 西安：陕西人民教育出版社，1997：193-194.

② 屈雅君. 新时期文学批评模式研究 [M]. 西安：陕西人民教育出版社，1997：196-197.

向，产生了综合而丰富的观念和方法，正像海登·怀特对新历史主义批评方法所做的评价，"既过于是形式主义的，又不是形式主义的"①。

---

① 【美】海登·怀特. 新历史主义：一则评论 [A]. 最新西方文论选 [C]. 桂林：漓江出版社，1991：498.

第二章

八十年代文学批评主体群落的社会学研究

由于不同的成长经验、知识构成、审美趣味、身份背景等因素，八十年代的批评家在社会转型和文学更迭之时大都选择了不同的批评观念和批评话语。对批评主体群落的划分有多种方式，笔者认为从"代际"角度划分也许最符合八十年代文学批评的实际。因为这个年代批评主体群落与社会和文学的转型密切相关，有着明显的替代与转换的整体性节奏。只有在代际的区分之下，才能看清并归纳出他们不同的知识、经验、身份等因素对其批评的影响。因此，本章将八十年代文学批评主体划分为三个群落来予以考察："既成权威的一代""转型中的中年一代"和"新一代青年批评家"。通过进入各个群落内部的关照，从整体上分析其特质、走向及意义，并选择一些个案做例证式分析。

第一节 代际构成：
共同经验·精神构造·时代意识

"人事有代谢，往来成古今"，古今正是由"代"的凋谢和承续而形成，"代"的传承是在不断的冲突和调和中完成的，每一代都具有天然的过渡性，都是历史链条中的一环而已。正如蒂博代所说，"一般说来，他们对上一代人持对立态度，如果上一代是建制的一代，下一代则是批评的一代，上一代如果是批评的一代，下一代则是建制的一代。然而这也只是从大体上和常规上来说的正确，没有再比界定一代人的含义更困难的了"，因为"一代人没有一个明确的开始和结束，他们属于一种连续不断的运动"。①"代沟理论"研究专家玛格丽特·米德也说过："在我们这个社会流动日趋频繁的社会中，在教育和生活方式上，代际之间不可避免地会产生这样或那样的冲突。"②"过渡性"和"冲突性"是研究代际的重要角度，"过渡性"是指将其放入一个长

---

① 【法】蒂博代；赵坚，译. 六说文学批评[M]. 北京：生活·读书·新知三联书店，2002：187.
② 【美】玛格丽特·米德；周晓虹、周怡，译. 文化与承诺——一项有关代沟问题的研究[M]. 石家庄：河北人民出版社，1987：72.

时段内进行历时考察的结果,"冲突性"是指两个代际替代之时的交锋和博弈。对八十年代文学批评主体群落来说,这种"过渡性"和"冲突性"是尤为明显的,一次次的争鸣就是批评主体群落代际转换之间的碰撞和摩擦。不同批评主体群落之间,会因为不同的信念表现出不同的审美趣味,而信念的差异又取决于个体的精神履历、职业身份、知识构造和时代意识等多方面的原因。"代际差别实际隐含了不同历史文化语境和成长记忆对人类精神的潜在规约。"①

中国的二十世纪是一段极其动荡的历史,社会的几度剧烈转型使得中国的知识分子呈现出明显的代际趋向,每次社会转型却意味着旧文化资源的分散和新文化资源的重构。有学者从"代际"出发研究知识分子在历史接续和文化传承中的价值取向和重要特性。李泽厚是较早对现代中国知识分子进行代际划分的研究者,他将二十世纪中国的知识分子分为六代:"辛亥的一代(以章太炎为代表),五四的一代(以鲁迅为代表),大革命的一代,'三八式'的一代(抗日战争的广大基层的领导者)。如果再加上解放的一代(四十年代后期和五十年代)和'文革'红卫兵的一代,是迄今中国革命中的六代知识分子。"②他基本上是依据社会历史发展的阶段性划分的。1986年10月,他在《中国思想史论》(下卷)的后记中又重点强调了这个中心主题:

"代"的研究注意于这些"在成年时(大约17岁—25岁)具有共同社会经验的人"在行为习惯、思维模式、情感态度、人

---

① 洪治纲. 新时期作家的代际差别与审美选择 [J]. 中国社会科学, 2008(4):160.

② 李泽厚. 中国近代思想史论 [M]. 北京:人民出版社,1986:470.

生观念、价值尺度、道德标准等各方面具有的历史性格。他们所自夸或叹息的"我（们）那时候"（my time），实际是具体地展现了历史的波浪式的进行痕迹。仔细研究这些问题对每一历史阶段和每一代人的时代使命、道德责任、现实功能和其间的传递、冲突（如"代沟"）诸问题，对所谓社会年龄、生理年龄和心理年龄的异同和关系，当能有更清晰深切的理解。从而，对这种超越个体的历史结构的维系或突破，便会有更为自觉更为明智的选择。①

李泽厚对"代际"的理解与曼海姆的"社会岩层"理论更接近，从社会学的角度考虑"代"的接续问题。共同的社会经验塑造出相似的精神质地，这是"代"的同属意识。1989年，刘小枫在《"四五"一代的知识社会学思考札记》中将中国现代知识分子分为四组代群："五四"一代，即十九世纪末至二十世纪初生长，二十至四十年代进入社会文化角色的一代，这一代人中还有极少数成员尚在担当社会文化角色；第二代群为"解放一代"，即三四十年代生长、五十至六十年代进入社会文化角色，至今尚未退出角色的一代；第三代群为"四五"一代，即四十年代末至五十年代末生长，七十至八十年代进入社会文化角色的一代；第四代群称之为"游戏的一代"，即六十至七十年代生长，九十年代至二十一世纪初将全面进入社会文化角色的一代。② 这种划分在年龄层次上有一定的模糊性，却把各代际群落所负载的知识类型和社会、历史的内在转换结构呈现出来了，这是一种知识社会

---

① 李泽厚. 中国思想史论（下卷）[M]. 合肥：安徽文艺出版社，1999：1171-1172.

② 刘小枫. "四五"一代的知识社会学思考札记[A].我们这一代人的"怕"和"爱"[M]. 北京：华夏出版社，2007：236-237.

学的观察立场。

冯立三于 1995 年 2 月 14 日在《光明日报》发表的《论中年批评家》第一次较为详尽地从"代"的角度对当代文学主流批评家做出分析。① 其实，1994 年 9 月，冯立三为秦晋的评论集《演进与代价》写序时已经开始对中年批评家定位了，他把"中年"界定为四十五岁到五十五岁，接着又补充说明："目前仍处于中年时期且异常活跃的评论家，与今已步入老年但其中年时期有相当长一段与新时期重合并有重要成绩的评论家，都一概列为中年评论家。在这一时期做出不同成绩的中年评论家估计有几百名之多。"② 随后，他列举了 56 名较有影响的批评家，其中有唐达成、唐因、顾骧、谢冕、陈丹晨、张炯、鲁枢元、雷达、曾镇南等批评家。如果按照当时的 45 岁到 55 岁推算，中年批评家主要是指四十年代出生的评论家，大概从 1939 年到 1949 年，但他所列举的评论家有很多是三十年代出生，而且时间差也偏大，比如唐因是 1925 年出生，而曾镇南却是 1946 年出生。在《论中年批评家》一文中，冯立三又对"中年批评家"进行了一定的调整，认为："中年批评家不分地域，不论学术观点之差异，只从年龄，把中年界定在 40 岁到 55 岁之间，目前仍处于中年时期且异常活跃的评论家，与今已步入老年但其中年时期有相当一段与新时期重合并在此间有重要成绩的评论家，一概列为本文中的中年批评家。"③ 这样的划分似稍显笼统，导致"中年批评家"这个概念有一定的模糊性。

---

① 冯立三. 论中年评论家 [N]. 光明日报, 1995-2-14.
② 冯立三 (序言). 秦晋. 演进与代价 [M]. 北京：人民文学出版社, 1995: 3.
③ 冯立三. 论中年评论家 [N]. 光明日报, 1995-2-14.

本章主要采用刘小枫所划分的标准，将八十年代文学批评主体主要划分为"老中青"三个群落，第一代是既成权威的老一代批评家，主要指一二十年代出生的批评家；第二代是转型中的中年批评家，主要指三四十年代出生的批评家；第三代是指新一代青年批评家，主要是指五十年代出生的批评家，即习惯上认为的"第五代批评家"。由于各种原因，学术界和批评界对八十年代文学批评主体群落的研究还缺乏全面、系统和深入的探讨，从而使批评家的"代际差别"处于一种语焉不详的概观之中，正视批评家主体群落之间的差别是为了更好地发现其各自不同的资源和局限，以便勘察出对同期文学批评的影响。

第二节 "既成权威"的老一代批评家

既成权威的老一代批评家主要是指二十世纪一二十年代出生且在七十年代末和八十年代上半期较有影响的批评家。这一代批评家在一连串的社会变故和动荡中建构了其批评理论和知识结构,完成了这个群体精神谱系的认同。不同的经历、身份、地域影响到批评家的批评资源和批评话语,总体来说,他们的理论资源、知识背景、美学趣味等基本都是以社会学和反映论为基础。作为国家意识形态的代言人,体制内的生存注定了他们与政治之间的纠缠不清,在从中获得利益和权威的同时也受到限制和压抑,这是老一代批评家尴尬而微妙的处境。

一、群落的生成与特质

总体来看,既成权威的一代批评家给后来人留下了这样的印象:"文革"刚结束后,他们对文学的拨乱反正发挥了重要的作用,八十年代中期以后,随着新潮批评的崛起,他们逐渐退席。如果进一步深入分析这个群落,会发现实际情况可能要复杂得多。必欲捍卫其权威的代言者有之,审慎地予以区分、拉开一点距离认识问题的有之，试图从中剥离、以独立立场和眼光看问题的也有之，他们之间的内部斗争有时也相当激烈。而且出于各种外在原因的考虑，批评观点在他们那里有时也会为政治因素、文学气候所左右。简单地依据批评文本来判断一代批评家的走向和水准还是有些表面化的，为了避免简单的整齐划一和盲目判断，应该还原到这个群落的细部，从中打捞出其独有的特质。

相似的成长经历是该群体拥有共同经验和知识结构的重要原因。既成权威的老一代批评家主要有陈荒煤（1913）、林默涵（1913）、王瑶（1914）、徐中玉（1915）、黄秋耘（1915）、冯牧（1919）、钱谷融（1919）、陈涌（1919）、王元化（1920）、洁泯（1921）、朱寨（1923）、唐因（1925）、江晓天（1926）、李希凡（1927）、程代熙（1927）、唐达成（1928）①等。从时间上来看，他们主要成长的时间阶段正好是中国动荡不安的时期。1937年抗日战争爆发后，"救亡"成为第一要素，而这时恰逢他们求学或成长的青春年代，文学和文学评论当然也被视为是救国的工具或武器之一。如周扬主编的《马克思主义与文艺》一书不仅集录了马、恩、列、斯马克思主义的经典论述，还收录了普列汉诺夫、毛泽东、高尔基、鲁迅的重要文艺论述，这些论述成为老一代批评家基本的理论资源。

由于历史的原因，北京和上海分别吸收、聚合了大量的知识分子，这两个群体虽不是铁板一块，但由于文化背景、言说立场、主体身份的微妙差异，他们表现出不甚相同的文化差异和价值趋向。斐迪南·滕尼斯在《共同体》中谈道："表现出人的共同意

---

① 括号内为出生年份。

志的可能性：首先是空间的接近，最后——对于人来说——也是精神上的亲近。"①一个共同体的生成首先是与地域相关的，然后才是一种相通的精神质地。在八十年代的文学批评中，批评的地域特色是非常醒目的。杨东平在《城市季风》一书中说道："近百年来，以北京、上海为中心的南北文化的对峙冲突，城市地位的消长沉浮，城市文化和城市人格的逆转嬗变，成为中国现代史上激动人心而发人检省的一页。"②他在该书中还用了一些形容词来指代和描摹两个城市的区别所在："形容京派的是这样一些语词：贵族的、高雅的、严肃的、传统的、学院派的（士大夫的）、官的；形容海派的是另一些语词：通俗的、大众的、白相的、功利的、商业化的、摩登的、殖民地的，等等。"③这是两个城市表现出的不同的文化机制和城市气息，构成了南北不同的文化磁力场。对于二十世纪八十年代"老中青"三个不同批评主体群落来说，"京派"和"海派"的差异在青年批评家身上表现得更为明显，北京批评家更呈现出西方文化的背景，北京成了一个理论"中转站"或"大本营"，而上海的批评家在西方化的同时更趋于传统，更重视经验和审美。这种南北差异在老一代批评家身上表现得则较为隐形，没有形成一种集体声势，学界对于这一群落南北差异的关注较少，但是他们对八十年代文学批评的走向起到了分流的趋向。

上海的老一代批评家中的代表有徐中玉、王元化、钱谷融等。考察他们的经历，就会发现他们和北京批评家的经历确有差异。

---

① 【德】斐迪南·滕尼斯；林荣远，译. 共同体与社会 [M]. 北京：商务印书馆，1999：73.
② 杨东平. 城市季风——北京和上海的文化精神 [M]. 北京：东方出版社，1994：2.
③ 杨东平. 城市季风——北京和上海的文化精神 [M]. 北京：东方出版社，1994：7.

徐中玉、钱谷融等批评家的学者身份使得他们与政治代言保有一段距离，这种影响不仅仅表现在批评风格上，更体现在不同的思想形成方式和批评话语选择。比如王元化，抗战爆发后，曾经辗转天津、青岛，后来流亡上海。批判胡风初期，他违心地写了《胡风的反马克思主义的立场观点》①，由于不能过关，他因拒绝第二次再写而流放到荒漠，在24年的厄运中，他认真研读过车、别、杜的文艺批评，还同妻子张可一起翻译过国外关于莎士比亚评论的50万言，后出版了《莎士比亚研究》。钱谷融，1957年的代表作《论"文学是人学"》就表现出勇闯禁区的勇气和自己对文学的本质的理解，但也因此受到来自政治的批判。徐中玉是华东师范大学的教授，他在1938年转入重庆中央大学，后来毕业于国立中山大学研究院，新中国成立前任教于中山大学、山东大学、复旦大学等高校。另外上海的老一代批评家代表的知识结构相对丰富，不是单纯地采用社会学批评，还比较重视对传统文化的运用。劳承万认为王元化的知识结构是"逻辑严密具有高度理性精神的马克思主义美学和黑格尔美学以及富有批判精神的十九世纪西方文艺理论，结合中国的文化传统，使之融合为一个优化的'理论结构'"②。徐中玉在新中国成立前一直研究古代文论，他在回顾自己学术生涯的时候，也特别强调"文论研究领域最缺的就是兼通古今中外的人才"③。新时期初期，钱谷融发表了《曹禺戏剧语言艺术的成就》《关于文艺特征的断想》《艺术的魅力》

---

① 王元化. 胡风的反马克思主义的立场观点 [N]. 解放日报, 1955-3-6.
② 劳承万. 王元化的文学观念与学术思想 [A]. 中国文学研究现代化进程 [C]. 北京：北京大学出版社, 1996.
③ 徐中玉, 李世涛. 回望我的学术生涯 [J]. 艺术百家, 2008（5）: 61.

等文章，认为艺术魅力离不开"物以动情，情以寄物"①，这些文章充分体现了"感受性"文学批评的魅力。特殊的经历也记录了他们对于文学艺术的执着追求，愿意为坚守文学的内在品质而经受抑制和打压，这都成了文学批评中宝贵的精神资源。

二、批评的有效与失效

　　二十世纪七十年代末到八十年代初的七八年时间里，文学及批评的过渡性特征使得老一代批评家的文学批评尚处于有效状态。但同时，这种"有效"之中也有逐渐"失效"的趋势，随着国家政治上的逐步开放、文学观念的日趋丰富与多元、新潮小说和新一代青年批评家的迅速崛起，而既成权威的一代无法及时接受新资源并完成转型，最终陷于"失语"状态，或有观点立场却没有对话对象、有效碰撞的"失效"状态。最终他们不得不逐渐退出批评舞台。

　　新时期的到来意味着一种新的集体意志的产生，"这个意志对人来说从来不是纯粹作为个人意志而存在，而仅仅是在一个由世代接续所形成的共同体中存在的"②。而新旧两个意志之间的必然对峙与对抗，还有老一代批评家群体性的危机意识，另一方面，在新时期初期，文学和现实的结合比较密切，文学创作从总体上出现了回归现实主义创作的倾向，而现实主义几乎作为唯一的合法符号仍在整个文学格局中占主导地位。在这样的现实语境

---

① 钱谷融. 艺术的魅力 [J]. 上海文学，1982（6）：90.
② 【德】卡尔·雅斯贝斯；王德峰，译. 时代的精神状况 [M]. 上海：上海译文出版社，1997：78.

中，老一代批评家的评论是非常有效的，因为他们主要运用现实主义的创作方法来衡量作品。不过，文学的艺术标准依然是在政治标准之下，"政治，不论你承认与否，总是统治着一切，影响着一切的，文艺也毫无例外。在我们社会的现实生活中，政治是渗透在生活的每一个角落里的。但是归根结底，生活是决定的因素，除非你根本否定'存在决定意识'这一根本原则"①。

"现实主义"不仅是批评的关键词，也被政治赋予了一定的权威性。陈荒煤的批评实践基本是与现实主义文学精神紧密结合的，他认为以伤痕文学为代表的创作倾向表现了人民挣脱"四人帮"的法西斯专制和极"左"思潮统治之后的觉醒，是光明战胜黑暗的标志，并呼吁新时期的文学批评要"解放思想"，要"敢于提出新的问题，回答、解决新问题，勇于探索并发展马克思主义的文学理论"②。洁泯也认为："文学的根本特征是以形象去反映现实，反映社会生活和反映时代的，这就规定了它必须以生活的真实性为基础；只有立足于观察生活并得之于生活的真实的文学，才能传世而不衰。"③与此相应的是对新的文学思想与批评理论的恐惧与排斥，如有的批评家流露出对"内部研究"的质疑和否定："海外有一种批评理论叫'内批评'，不主张对作品做社会科学的考察，认为关于作品的社会、时代、阶级以及思想内容的分析评价，都是离开艺术作品与艺术创作无关的'外批评'。'内批评'对作品的所谓纯艺术的分析评价，实际上是完全根据个人的艺术趣味和好恶。在这里，文艺批评成了如别林斯基批评

---

① 罗荪. 文艺·政治·生活 [J]. 文学评论，1980（1）：6.
② 陈荒煤. 努力提高当代文学研究的科学水平 [J]. 文学评论，1979（5）：6.
③ 洁泯. 文学是真实的领域 [J]. 文学评论，1979（1）：11.

的'某一个以美文学法官自命的人的个人意见的表达';而不是文艺批评所应该那样的'时代的支配意见'的反映。"①这些批评和指责现在看来不免显得含糊其词,与其说是反抗,还不如说是本能的惧怕,因为这种所谓的"内批评"其实连它指的究竟是什么也并未搞清楚。当然,并非每位老一代批评家中都持有这样的武断与保守,少量的也有非常重视作品艺术性的批评家,但习惯上仍是将社会功效放置在艺术之上,这几乎成了一种"群落无意识"了。比如朱寨对《人到中年》的批评,他从总体上肯定了作品,却认为"作者对刘学尧以及姜亚芬滴下的同情泪珠,不是增强了,而是削弱了这篇优秀作品的思想感情力量。它不是闪光的露珠,而是暗淡的痕迹"②。他对"真实"的理解是存在一种预设,那就是"真实"应该是正面的、有希望的、符合国家意识形态对未来社会的想象和规划的。上海王元化对"真实"的理解是非常深入且到位的,在《对文学与真实的思考》一文中,他不仅为当时受到批评的剧本《假如我是真的》《在社会档案里》等辩护,而且指出真正的倾向性不能游离于真实性之外,反对以"写本质"代替写真实,反对从艺术形象的真实性之外去评论倾向性。

三、以冯牧为例

之所以选择冯牧作为个案研究,是因为他在既成权威一代批评家中具有"典范"意义。从他的经历背景和职业身份来看,其批评资源和知识结构的塑造基本是在社会学批评范畴内完成的,

---

① 朱寨. 历史转折中的文学批评 [J]. 文学评论, 1984 (4): 24.
② 朱寨. 留给读者的思考 [J]. 文学评论, 1980 (3): 69.

他是一个既有着"文艺官员"身份，同时又比较温和，一个始终坚持正统权威批评立场，同时又相对宽容和包容的批评家。作为《文艺报》的主编，分析他具有比较广泛的代表性。

冯牧（1919—1995），1942年在延安鲁迅艺术学院文艺理论研究室工作，后任延安《解放日报》文艺编辑。1949年后主要从事部队文化和创作的组织领导工作。1957年底调到中国作家协会，任《新观察》主编。冯牧自从1960年开始任《文艺报》编辑，1962年任副主编，1978年《文艺报》复刊，冯牧担任《文艺报》的主编。《文艺报》在新中国成立后一直是党宣传文艺政策的重镇，也是全国文学评论报刊中的权威。

基于评论家的现实感和责任感，冯牧进行文学评论时特别关注作品的社会效果。在五六十年代，冯牧的批评文章主要是从思想分析入手，比如《有声有色的共产党员形象》《革命的战歌和英雄的颂歌》《崇高的主题，巨大的形象》等，却明显缺少审美的艺术分析。但与一些专事批判和压制性批评的人不同，冯牧比较注重作家作品的具体评论，正面阐释和肯定较多，批评风格相对温和。以1976年为界，之后冯牧的文学批评除了对文学作品的个别研究，更多的是倾向于理论的总结和概括。无论是前期，还是后期，冯牧的文学批评总是比较严谨地遵循了社会主义现实主义的文学原则。

"党性意识"和"时代意识"是冯牧文学批评中的观念与价值核心。1977年11月，《人民文学》编辑部召开了一个关于揭批"四人帮"的座谈会，冯牧根据会议发言整理出《炮轰"黑线专政"论》，这篇文章是文艺领域深入揭批"四人帮"的最早的战斗檄文之一。现在看来，该文章显然"政治性"太足，未脱出此时期绝大多数理论批评文章的套子。但在随后的"伤痕""反思"文学思潮以及关于人性人道主义的讨论中,冯牧却表现了宽容的一面,能够及时保护新人和新作品,比如对《班主任》《伤痕》《今夜星光灿烂》《人到中年》《犯人李铜钟的故事》等作品的肯定和支持,但肯定的理由则是政治与道德优势的认定。在评论《班主任》时,他说:"人民群众是一切文艺作品最有权威的、最可靠的评定者。小说作者通过对生活的深刻观察,把受到人民群众重视的问题反映出来,这是作家应起的作用。希望作家、艺术家们都像刘心武那么勇敢地对待生活,勇敢地挖掘生活,不断扩大生活的视野,坚持创作从生活出发,坚持按生活的本来面目塑造出真实的、不是千人一面的艺术形象来,对人民群众起教育作用。"① 当有的评论者认为《伤痕》是暴露文学时,他也为其进行了辩护:"这些作品有一个共同的特点,就是从生活出发,或基本上从生活出发,提出千百万群众非常关心的社会问题,正视了'四人帮'对于人们严重的精神污染和思想腐蚀这样一个带有社会性的问题,摆脱了'四人帮'那种令人讨厌的帮风帮气,因而应当加以支持,不能求全责备。轻率地给这些作品扣上'批判现实主义'和'暴露文学'的帽子,是不严肃的表现。"② 很显然,他保护这些作品都是在一定"范畴"和底线以内的,因为他始终把"人民"放在作品的第一位,把社会学批评标准放在其他一切批评标准之上。从部分文章的题目就能看出他的批评准则,比如《作家的社会责任与作品的社会效益》(《前线》,1986年第3期)、《更高地

---

① 冯牧. 打破精神枷锁,走上创作的康庄大道 [J]. 文学评论, 1978 (5): 55.
② 本刊记者. 短篇小说的新气象、新突破——记本刊在北京召开的短篇小说座谈会 [J]. 文艺报, 1978 (4): 13.

举起社会主义文学的旗帜》(《民族文学》，1983年第10期)等。

1995年，陈荒煤和冯牧主编了一套《文学评论家丛书》，由人民文学出版社出版了16位中老年批评家的批评集，该丛书有陈荒煤的《点燃灵魂的一簇圣火》、冯牧的《但求无愧无悔》、洁泯的《今天将会过去》、朱寨的《感悟与沉思》、王春元的《审美之窗》、江晓天的《文林察辨》、唐达成的《南窗乱弹》、顾骧的《海边草》、陈丹晨的《在历史的边缘》、谢永旺的《当代小说闻见录》、缪俊杰的《审美的感悟与追求》、何西来的《文学的理性和良知》、何镇邦的《文体的自觉与抉择》、秦晋的《演进与代价》、冯立三的《从艺术到人生》、雷达的《文学活着》。陈荒煤和冯牧在序言中评论道："这些评论家活跃于文坛多年，年龄都已在中年以上，他们的理论特色和他们所经历过的时代风浪与自身的忧患意识紧密相关。因此，在他们文论的字里行间，处处流露着为人生、为社会、为建设社会主义精神文明的强烈入世精神，他们的文字，或许可以称之为文艺社会学批评。即侧重于历史的、社会的、美学的论述与评点。"同时，他们也进一步补充说："但也难免有它的局限，比如对于作品的艺术情趣与艺术个性的分析与品味往往不免流于粗疏。"① 其实，这段描述不仅是这一代批评家的总体写照，更是冯牧个人的感知和体悟。到八十年代中期，随着新的思想方法的涌入与新的批评思潮的崛起，他或许看到了这代人的局限，或许也想有所突破，但毕竟已是60多岁的人了，积极参与社会变革的热情和能力开始减弱，不可能对新潮文学有更为细致而敏感的把握，年龄、职业、批评观念等

---

① 陈荒煤，冯牧.（总序）但求无怨无悔[M]. 北京：人民文学出版社，1995：4.

因素决定了他不可能迅速完成知识结构的调整。

在此情形下，选择沉默或退出，变成了无法抗拒的现实，即使不肯放弃，更多的时候也只能是望洋兴叹了，因为外部的自由在扩展，内部的力量却已趋于萎缩，他们也只能保守住原有的批评方式和批评话语。基于职业的热忱和固定的惯性，冯牧也时常在文学批评中表达出自己炽热的向往，他认为新时期"在我国当代文学史上，还找不到哪一时期的文学倾向和人民的思想感情是如此密不可分地联结在一起，我想这是并不夸大的"。又说，"我们的作家们，以他们的深入和积极的创作实践，以他们不断燃烧着的对于党和人民事业的炽烈激情，以他们坚定的艺术家的勇气，正在回应着人民的渴求和期望"。① 但这些表述，在日益变得复杂的文学现实面前也不可避免地显出空疏的一面。

对于"偏离"现实主义的作品，冯牧还是有不同意见的，对于王蒙具有"意识流"元素的探索小说，他在看完《杂色》后表达了自己的态度："我觉得一方面感觉他真有些本事，像这样枯燥单调的主题和题材，他还能叫人看得下去；但另一方面，我觉得从这篇小说看来，王蒙同志在生活上也好，在技巧上也好，使我感到不像读过的有些作品时给我带来的那种丰富和深沉的感觉，相反的，倒使我产生了一种捉襟见肘的感觉，感到作者对生活再不是那样的左右逢源，有点炫弄技巧。当然，这点我还要准备和王蒙同志交换一下意见。"② "技巧"与"生活"在这里出现了习惯的对立，很显然，"写法"对这代批评家来说确有不可

---

① 冯牧. 关于近年来文艺创作的主流及其它 [J]. 上海文学，1980（5）：8.
② 冯牧. 关于理论批评和文艺研究的一些随想 [J]. 当代文艺思潮，1982（1）：23.

更改的法则,一旦花样翻新,超出了现实主义,那么自然就会走到歧路上去。不过,冯牧的方法是用较为宽容的态度和作者探讨,而不是轻易给作者下定论。难怪白烨认为"冯牧的评论在党性鲜明的同时,具有一种能够品赏各种类别、容纳各种流派作家的气度和雅量"①。

---

① 白烨. 鼓吹新时代的文学 呼唤文学的新时代[J]. 当代文艺思潮,1984(2):29.

第三节　转型中的中年批评家

作为承前启后的第二个群落主要是指二十世纪三四十年代出生且在八十年代产生影响的中年批评家，也就是刘小枫所说的"解放一代"①。这个貌似分散的群落实际上是八十年代文学批评的重要力量，因为很多开拓性的工作都是由他们完成的，无论是谢冕、孙绍振对"朦胧诗"的支持，还是刘再复的"主体性"或者是鲁枢元的"向内转"，这些都是直接影响了八十年代的文学批评，为批评的深化和转型提供了理论和实践上的支持。不管是滕云所说的"结合部"，还是冯立三所说的"缓冲部"②，都表明了该群落的"过渡"意义。

一、群落的组合与分化

1986年，何西来、雷达、滕云等人在《文学自由谈》发表一篇文章《中年评论家自省》，他们在该文章中正式提出"中年批

---

① 刘小枫. "四五"一代的知识社会学思考札记[A]. 我们这一代人的"怕"和"爱"[M]. 北京：华夏出版社，2007：237.
② 何西来，雷达，等. 中年评论家自省[J]. 文学自由谈，1986（6）：51.

评家"①，由此，"中年批评家"作为一个相对明晰的概念进入批评界。五六十年代的大学教育背景注定了中年批评家的知识结构相对单一，面对历史的大转折，中年批评家既面临着巨大的挑战，也意味着有巨大的机遇，有的批评家停滞不前，有的批评家及时把握住历史的机遇，成了塑造一个时代文学批评的"先锋"。从这个角度来研究转型中的中年批评家，就会发现这个群落有着非常丰富的一面。

这个群落的主要代表有顾骧（1930）、李子云（1930）、李泽厚（1930）、陈辽（1931）、陈丹晨（1931）、谢冕（1932）、阎纲（1932）、潘旭澜（1932）、张炯（1933）、谢永旺（1933）、严家炎（1933）、周良沛（1933）、宋遂良（1933）、蔡葵（1934）、张韧（1935）、刘锡诚（1935）、徐俊西（1935）、陈骏涛（1936）、缪俊杰（1936）、孙绍振（1936）、童庆炳（1936）、郑伯农（1937）、陈美兰（1937）、李元洛（1937）、何镇邦（1938）、滕云（1939）、秦晋（1939）、洪子诚（1939）、杨匡汉（1940）、冯立三（1940）、刘再复（1941）、周介人（1942）、雷达（1943）、鲁枢元（1944）、李星（1944）、谢望新（1945）、曾镇南（1946）②等。在这里，并不是对中年批评家年龄的简单堆积和归类，只有在这个最基本的原点上才可以进行类比。如果说年龄是一个年轮的横切面，那么，在这个横切的网络之中进一步考察他们的经历、教育背景和知识结构，就会发现这个群落组合与分化的原因所在。

冯立三认为中年评论家是以"马克思主义历史的和美学的理论体系，杂糅部分为这一体系所能容纳并为丰富和发展这一体系

---

① 何西来，雷达，等. 中年评论家自省[J]. 文学自由谈，1986（6）：51.
② 括号内为出生年份。

所需要的一切旧知新学"为理论资源，在评论文学作品时"看重文学的人民性、民主性、民族性，赞成文学是社会内容与艺术形式的双向建构"①。中年批评家建构的上述理论体系和批评倾向与他们的知识结构密切相关。整体看来，中年批评家的教育背景是相对专业和系统的。与老一代相比，他们受过更多的正规的大学教育，观念相对开放；但与新一代相比，他们的批评资源又相对单一。在中年批评家群落里，毕业于名校的批评家特别多，比如毕业于北京大学的有谢冕、孙绍振、曾镇南、刘锡诚、滕云、张炯、陈丹晨、严家炎、张韧、秦晋、洪子诚等；毕业于复旦大学的有何镇邦、潘旭澜、周介人、陈骏涛、蔡葵、徐俊西、曾华鹏、宋遂良等；毕业于北京师范大学的有王富仁、冯立三、李元洛、童庆炳等；毕业于兰州大学的有阎纲、雷达、谢永旺等；毕业于厦门大学的有刘再复、林兴宅等；毕业于武汉大学的有缪俊杰、陈美兰等；毕业于西北大学的有何西来等，总而言之，五六十年代的大学教育背景使得他们与老一代批评家的知识结构有很多相通之处。他们所受的教育在意识形态上是一种理想主义和集体主义教育，在文学方面主要有延安传统中以批评推动文学为现实服务的观念、意识形态化的马列文论、车别杜的批评理论、古典文论中"兴观群怨""知人论世"等以及鲁迅、茅盾等所开创的现代批评。由于当时文学批评标准的单一，马克思主义的社会学批评占有主要甚至垄断的地位，这种带有权威性的批评模式逐渐把文学批评纳入"一体化"的进程，最终在总体上达成一种"集体意志"。这样一来，上述批评群落在求学时期和初出茅庐的青年

---

① 冯立三. 论中年评论家 [N]. 光明日报，1995-2-14.

时代，就先入为主地形成了一个社会学批评的思维模式。

二十世纪七十年代末，随着政治气候的日渐宽松，"朦胧诗"逐渐浮出水面，同时，西方"现代派"也开始涌入中国文坛。面对这种复杂的态势，由于不同的批评观念和身份等原因，中年批评家表现出不同的反应并由此产生了分化。

对于刚刚结束"文革"的批评界来说，朦胧诗的诞生无疑是一种挑战，充满了陌生的新鲜的生命体验和审美要素。由于新的批评理论资源还处在开放之初与较为匮乏的阶段，大多数批评话语还是"文革"话语的自动延续，所以人们一时还很难找到一种合适的描述来评价和判断它们。但是有些批评家却能够把握住历史的潮流，以敏锐的艺术直觉肯定了这些创作的价值，成为批评界的"开拓者"。比如朦胧诗刚刚初露头角时，谢冕"主张听听、看看、想想，不要急于'采取行动'"，孙绍振已经试图从艺术立场和美学原则来定位朦胧诗，并对"号筒"角色提出质疑。这些具有开拓精神的批评激活了僵化已久、沉闷不堪的批评格局，推动了政治学批评向审美批评的过渡。

二、过渡与深化：作为中间一代的角色

在一个七十年代末八十年代前期历史转折的临界点，在一个新旧交替的动荡时期，总是需要有担当意识且具有敏锐艺术直觉的批评家来完成向新时代的转换。相比之下，本书所说的一代中年批评家恰好生逢其时，能够承担起这个历史重任。与老一代批评家相比，中年批评家有接受新事物的敏感意识，内心深处有着对变革的强烈期待；与即将崛起的新一代青年批评家相比，他们

已具有一定的影响力。当面临挑战时，其优势和劣势就会一同浮现。关于这代批评家的知识结构，其中的成员曾做过"自省"，如何西来、雷达等就说过："我们这个空房间首先被传统的东西占有了，再念别的东西很难进来了。已经成为生命的一部分了，所以接受新东西就比青年人慢。"① 就批评方法而言，他们同上一代批评家相当接近，基本的价值立场常常是以现实主义、革命现实主义原理为框架的。如对《班主任》的批评，何西来和蔡葵认为"《班主任》之所以能够强烈地激动广大读者的心，不仅因为它坚持了革命现实主义和革命浪漫主义相结合的创作方法，发扬了革命现实主义的传统，给了我们一幅生动真实的社会生活图景，更重要的是它以震撼心灵的思想力量和艺术力量，提出了尖锐迫切的社会问题"②。阎纲的观点进了一步，深入到人学、人道主义的层面，但在终极意义上仍然认为是政治和社会问题，他说："把神变成人，是文学的进步。把人变成神，是文学的倒退。人民不要神学；人民要的是人学——文学。文学的问题，说到底是个政治问题、社会问题。"③ 可见，他们的文学批评最终的落脚点仍离不开社会和政治问题，所以，文学批评如何从"政治性"走向"审美性"就成了七十年代末八十年代初最重要和最艰巨的任务。

部分具有开拓气质的中年批评家的优势就在此刻凸显出来了。1979年，中年批评家李子云和周介人以评论员的名义在《上海文学》发表重要文章《为文艺正名——驳"文艺是阶级斗争的

---

① 何西来，雷达，等. 中年评论家自省 [J]. 文学自由谈，1986（6）：51.
② 何西来，蔡葵. 艺术家的责任和勇气 [J]. 文学评论，1978（5）：65.
③ 阎纲. 神学、人学、文学 [J]. 文学评论，1979（2）：89.

工具"说》，这是文学批评对政治过度介入和控制的一次公开的"反拨"，也是一次对文学艺术审美的呼唤。同年，宋遂良在《文艺报》发表《秀丽的楠竹和挺拔的白杨——漫谈周立波和柳青的艺术风格》①，这也是这一时期较为罕见的对作品艺术的集中分析，他对《山乡巨变》进行了文本细读，彰显出敏锐的艺术感悟力和对"文学性修辞"的理直气壮的追求。在七十年代末，如此融入艺术审美诉求的批评文章并不多见。

"在历史的特定阶段上，只有诗歌可以诉诸现实，将现实浓缩为某种可以触摸得到的东西，某种若非如此便难以为心灵所保持的东西。"②朦胧诗就是这样具有审美感知力的作品，意味着一种"新的美学原则在崛起"。1982年，周介人对新时期创作进行了概括，认为整个创作流向是"从政治性到认识性到审美性的发展"③，这样的概括或许有粗略之嫌，但却十分传神和准确地说出了这个时代转折的根本逻辑。

从知识结构来看，中年一代更有条件逐步吸纳新知，完善自己，正如何西来、雷达所说："我们比起青年人来又有一个好处，没有那么多的偏激。在这一点上，中年人有一种综合的力量，综合的优势。"④正因如此，中年批评家刘再复、鲁枢元等才表现出了理论上的勇气和史家眼光，在当代文学的理论建构与批评实践的变革过程中起到了至关重要的推动作用。

刘再复特别强调思维方式的多元与开放性的眼光，在他看来

---

① 宋遂良. 秀丽的楠竹和挺拔的白杨 [J]. 文艺报，1979（2）：33.
② 转引自张新颖. 默读的声音 [M]. 广州：广东教育出版社，2004：3.
③ 周介人. 创作论：从政治性到认识性到审美性的发展 [J]. 新文学论丛，1982（3）：19.
④ 何西来，雷达，等. 中年评论家自省 [J]. 文学自由谈，1986（6）：38.

"文学的本质是个多维的结构，它既包含再现的、认识的因素，也包含表现的、情感意志的因素，如果用单向的思维是无法理解的"①。只有基于这样的视野，他才能及时地宏观把握文坛更迭，有效地抓住关键词"主体性"。"文学的主体包括作为对象主体的人物形象，作为创造主体的作家和作为接受主体的读者和批评家。"②刘再复从作家、作品、读者三个向度提出文学主体性的问题，开拓了当代文坛的新思维。由于长时间以来，庸俗社会学、阶级论与机械的反映论的压抑，主体性一直遭到普遍的忽略，刘再复的提法引起了轰动效应，甚至建构了一个"主体性的神话"。

鲁枢元的"向内转"也表现了对时代潮流的准确把握，《论新时期文学的"向内转"》发表之后，引起了长达五年之久的"向内转"的论争，并成为八十年代文学批评界的重要话语。鲁枢元总结和评价了新时期文学十年的现象、趋势与成果，他认为"一种文学上的'向内转'，竟然在我们八十年代的社会主义中国显现出一种自生自发、难以遏制的趋势"，而且"题材的心灵化、语言的情绪化、主题的繁复化、情节的淡化、描述的意象化、结构的音乐化似乎已成了我们的文学最富当代性的色彩"③。上述两大突破和战略性的理论观念可谓是这代批评家最重要的贡献，称得上是八十年代文学批评中最灿烂的华章了。正如同一群落中有人所认同的："刘再复在理论上反省的深度是二十多岁的人反省不出来的，他没有这样一种经历就反省不出来。"④

中年批评家的另一个优势就是批评思维具有一定的稳定性和

---

① 刘再复. 思维方式与开放性眼光 [J]. 文学评论，1984（6）：6.
② 刘再复. 论文学的主体性 [J]. 文学评论，1985（6）：11.
③ 鲁枢元. 论新时期文学的"向内转" [N]. 文艺报，1986-10-18.
④ 何西来，雷达，等. 中年评论家自省 [J]. 文学自由谈，1986（6）：42.

"中庸性"。尽管他们在横向借鉴方面不如青年批评家那么活跃,但在纵向知识的优势上却是很明显的。在文学与批评经验上也居于优势,因此,他们与五四、与现代文学传统,甚至与中国古代文学与批评传统之间的理论联系就比较密切,观点也常常更"中庸"。比如潘旭澜就是以历时的视野来分析文学批评。1986年,复旦大学举办了"新时期文学讨论会",他在会上做了题为《历史的追溯与现实的思考》的发言,在提到现代派时他这样说道:"用'现代派'来笼括国外从近代或第一次世界大战前后到八十年代形形色色的流派,我以为并不科学。一则时间跨度甚大,有影响的流派已换了几茬,有一些早已过去,极少有人去注意它们了。二则这些流派之间往往差别很大,甚至截然相反,放在一只锅里,有点不相伦类。三则有些流派的代表人物的创作和理论前后有很大变化。对于这样长时间而又极为复杂的国际性流变,是要做具体分析的,既不可一言以'毙'之,也不可一律推崇。"①再比如,面对批评主体和读者的"脱节"现象,陈骏涛给予善意的提示:"我认为,批评在作家和读者之间需要起一种沟通和交流的作用,而不能作为一种'孤独'的存在物。特别是创作和批评,不应该成为两股互相抵消的内耗力,而要成为一辆马车上的两个并行的轮子。"②可见,中年批评家的观点相对平稳,不偏激,这与他们的年龄和阅历有一定关联。

整体来看,八十年代中期文学批评之所以出现千帆竞发的壮观气象与青年批评家的崛起密切相关,而青年批评家的崛起又得

---

① 潘旭澜. 历史的追溯与现实的思考[M]//潘旭澜,王锦园. 十年文学潮流上海:复旦大学出版社,1988:15.

② 陈骏涛. 翱翔吧,"第五代批评家"![J]. 文学自由谈,1986(6):61.

益于中年批评家的扶持，这也体现了中年批评家的"过渡性"。正如何西来所说："说一句实在的话，一批青年批评家首先是我们这一代人把他们扶植出来的，《文学评论》，王信、陈骏涛、贺兴安是编辑部主任，我们是主编、副主编，在这个阵地上要不要给这些年轻人以位置，要不要把他们扶上去，这是一个方针。这条方针是我们文学所的治所方针已定的。"① 仅1985年一年，《文学评论》就发表了青年批评家南帆的《文学批评中美学观念的现实感与历史感》《文学批评的研究方法和研究目标》《文学的世界》三篇文章。同样，上海的青年批评家吴亮和程德培等得益于中年批评家李子云和周介人的扶持。因此，在批评史的线索里，我们不仅要看到一个群落的批评文本和批评实践，还要看到一个群落的"动作"和"内心的表情"，看到他们内部的传承与谱系关系。

三、以谢冕为例

葛兰西在《狱中札记》中曾写道："我们可以说所有的人都是知识分子，但并不是所有的人在社会中都具有知识分子的作用。"② 对于任何一个国家来说，在某些历史临界点上，知识分子的功能是无可替代的。以中国当代文学批评来说，诗歌评论家谢冕就是这种具有知识分子作用的典型代表。

谢冕，1932年出生，1955年考入北京大学中国语言文学系，1960年毕业留校任教。1980年发表《在新的崛起面前》一文，在历史的惊涛骇浪面前，他展示出坚定而温和的一面。谢冕的大

---

① 何西来，雷达，等. 中年评论家自省 [J]. 文学自由谈，1986（6）：42.
② 【意】葛兰西. 狱中札记 [M]. 北京：中国社会科学出版社，2000：9.

学时代,经历了"百花时代"的思想解放和"反右"斗争的噤若寒蝉,这使他过早地经历了精神的沉浮与沧桑,也使他更加强化了作为知识分子的责任感。另外,在大学时代他参与了多个研究课题,比如1959年在徐迟的倡议和鼓励下,谢冕就与同班同学孙玉石、孙绍振、刘登翰、洪子诚、殷晋培六人合作编写《新诗发展概况》,类似的学术锻炼和积累都为他在七十年代末八十年代初的"崛起"做好了准备。从思想资源看,五四传统与启蒙精神是谢冕的精神与价值指向,诚如孟繁华所言:"五四精神是谢冕主要的思想来源;这一来源支配着谢冕的情感方式,使他不能成为纯粹书斋式的、内心平静的学者,他不能生存于超然的空间而独善其身,现实的一切与他有关,因此他只能选择介入的方式,入世的情怀。"① 谢冕在八十年代的批评活动一直在实践知识分子的功能:"中国的知识分子很清楚自己在全体民众和整体文化构成中的这种地位,他们总乐于承载启蒙和代言的重负","在中国,学问从来都不'纯粹'"。②

正是基于这种历史责任感,当朦胧诗遭到了多方抑制时,谢冕用平和的姿态肯定了这些诗歌,并呼吁人们用宽容的心态来对待朦胧诗。尽管《在新的崛起面前》没有过多涉及朦胧诗的艺术特质,但"新的崛起"的定位在当时产生了强烈的思想冲击。正如李书磊在回忆中所说:"这种发现、概括与命名至少表现了谢冕两种弥足珍贵的品质:敏锐与勇敢。"③ 的确如此,"敏锐"和"勇敢"造就了谢冕的轰动。更重要的是,这种"敏锐"不只是尖锐

---

① 孟繁华. 精神信念与知识分子的宿命——谢冕文学思想论纲 [J]. 文艺争鸣, 1996(4): 60.
② 孟繁华. 梦幻与宿命 [M]. 广州: 广东人民出版社, 1999: 2.
③ 李书磊. 谢冕与朦胧诗案 [J]. 诗歌月刊, 2009(1): 18.

的锋芒，而更是一种恰到好处的"史识"，他用历史的经验教训提醒人们，"多等等，看看"，不要急于下判断，这也展现了谢冕一种拥抱新事物的姿态。与孙绍振和徐敬亚的尖锐相比，谢冕的姿态没让反对者找到太多的口实，建议性的推荐和挑战的质疑是很不一样的。

对于他们这一代批评家而言，批评方法和理论的先天局限是他们最大的障碍，而谢冕用他的敏锐的艺术直觉和这代人中最为优秀的审美判断力支持了朦胧诗。他总是能够在刚刚开放的环境缝隙中，凭借艺术发展的思想逻辑为新的写作寻求合法保护，如在1977年他就提倡"谈文艺的百花齐放"，他认为"在这个交响乐队中，只有小提琴不够，还应当有浑厚的大提琴，有清凉的小号，有华美的竖琴"①。可见，谢冕的立场一开始就显现了独有的综合和开阔，在朦胧诗论争中的表现正是这种思维和艺术感觉的延续。在《失去了平静之后》中，谢冕进而从社会历史的角度论证了朦胧诗的合理性，认为"历史性的灾难"让诗人们"对生活怀有近于神经质的警惕，他们担心再度受骗"，于是他们"往往采用了不确定的语言和形象来表述，这就产生了某些诗中的真正的朦胧和晦涩"②。很明显，谢冕的诗歌评论还带有浓郁的社会学色彩，但这在当时却是一种最有力和最巧妙的辩护，如果说强烈的历史意识和综合的视野是这代中年批评家的最大优势，那么，这种优势在谢冕身上的表现无疑是较为突出的。他写过很多对当代诗歌予以历史的综合考察的文章，比如《传统的变革与超越——诗歌运动十年》《极限与选择：历史沉淀的导向》《断裂

---

① 谢冕. 从诗的繁荣谈文艺的百花齐放 [J]. 人民文学，1977（2）：87.
② 谢冕. 失去了平静以后 [J]. 诗刊，1980（12）：8.

与倾斜：蜕变期的投影》《追求的历程——现阶段诗歌的简要回溯》《空间的跨越——诗歌运动十年（1976—1986）》等，这些文章都很好地呈现出他综合而开阔的历史视野。

有的中年批评家很清醒地意识到本群落存在的过渡意义："我们都是过渡性的人物，这是一句悲哀的话，但实际就是这样，包括青年人也是这样的，因为，中国文学就是过渡性的文学。"①谢冕虽然是诗歌批评潮头杰出的代表，却也时常感受到传统批评观念的限制，在黄子平为其评论集作的序言中提到过他的肺腑之言："作为一个文学评论工作者，我感到了一种力不从心的困窘。我所熟悉的那一套评论模式，有的已经不够用，有的是不适用了。需要用新的姿态、新的面貌去学习新的课题，迎接这场有意义的挑战。"②谢冕一代的过渡性不仅仅体现在批评观念和思维方式上，还有另一层面的过渡和传承意义。从这个角度上说，谢冕也应该是典型的个案。作为北大当代文学研究的博士生和硕士生的导师，谢冕培养了一批优秀的青年批评家，1982年谢冕招收了第一届中国当代文学硕士生季红真、黄子平、张志忠；1983年，招收了硕士研究生吴秉杰、钟友循、李书磊；1984年招收硕士研究生张颐武、于慈江入学；1987年招收第一位博士生程文超；1988年招收博士生韩毓海、马相武、张芙；1990年招收博士生黄亦兵、李扬；1992年招收博士生尹昌龙、孟繁华、陈顺馨（香港）入学。从这几年的学生名单中就可以看出谢冕在当代文学批评传承方面做出了怎样的贡献，特别是黄子平、孟繁华、季红真、张志忠、李书磊、张颐武、李扬、韩毓海、程文超、吴秉杰等批评家对当

---

① 何西来，雷达，等. 中年评论家自省 [J]. 文学自由谈，1986（6）：41.
② 谢冕. 谢冕文学评论选 [M]. 长沙：湖南文艺出版社，1986：4.

代文学批评的影响是有目共睹的。

无论是对文学批评的开拓,还是对文学批评的传承,谢冕都起到了葛兰西所说的"知识分子的作用",他对中国八十年代文学批评的参与和介入是"有效"的,起到了不可忽视的作用。

第四节　新一代青年批评家

新一代青年批评家主要是指二十世纪五十年代出生且在八十年代较有影响的批评家,也就是刘小枫所说的"四五一代"①。八十年代中期,随着当代文学的逐步繁荣与审美变革,也随着新思想方法的次第涌入、高校教育环境的改善、改革潮流的推动,一代青年批评家得以崛起并逐渐分化出不同的批评群落。

青年批评家的群落主要有两个,第一个群落是学者群落,主要是指学院成长的新一代,他们读完大学多在高校任教或者在研究机构从事当代文学的研究,接受的新资源比较多,知识结构更新比较快,批评视野相对宏阔,批评理路往往靠近理论和学术。第二个群落是以文学报刊编辑或各级作协的专职评论家为主体的批评群落,他们有的是在社会中成长起来的,有的是在大学毕业后从事编辑工作的,他们主要依据个体的审美感受对作品进行阐释。此外,还有一个群落之外的作家群落,之所以说是群落之外,是因为这个群落不太受年龄的限制,他们偶尔也参与批评活动,方式主要是感性和印象式的,看似随意却呈现出很多真知灼见,

---

① 刘小枫. "四五"一代的知识社会学思考札记 [A]. 我们这一代人的"怕"和"爱" [M]. 北京: 华夏出版社, 2007: 237.

而且很多重要的批评潮流也都是从他们发端的。

新一代青年批评家有少量出生于四十年代和六十年代的特殊案例，比如周政保（1948）、毛时安（1948）、徐敬亚（1949）、王干（1960）、李洁非（1961）、李书磊（1964）。以毛时安为例，他曾经当了十年小木匠，1982年毕业于上海师范大学，后来到上海社科院工作，并迅速在上海批评圈子中成长起来。还有一个较为典型的批评家王富仁，他虽然是1941年出生，应该划为中年批评家行列，由于特殊的经历，1967年他山东大学外文系毕业后，1977年考取西北大学中文系现代文学专业的研究生，1982年他又考取北京师范大学中文系现代文学专业的博士研究生。从知识结构和理论资源来看，他和青年批评家是较为一致的，而且他也作为"新人"之一出版了《先驱者的形象》（新人文论丛书）。整体来看，大部分在八十年代成名的青年批评家主要是五十年代出生的。比如有黄子平（1950）、程德培（1951）、张奥列（1951）、孟繁华（1951）、郭小东（1951）、贺绍俊（1951）、丁帆（1952）、白烨（1952）、蔡翔（1953）、陈平原（1954）、陈思和（1954）、陈剑晖（1954）、季红真（1955）、吴亮（1955）、许子东（1955）、王晓明（1955）、李劼（1955）、程文超（1955）、程光炜（1956）、南帆（1957）、朱大可（1957）、殷国明（1957）、潘凯雄（1958）、费振钟（1958）、陈晓明（1959）、罗强烈（1959）[1]等。这些青年批评家主要集中于北京、上海、江苏、广东、福建等地，主要供职于高校、研究院、作协、杂志社、报社等单位。通过以上对青年批评家整体和个体的扫描，就会对青年批评家的地域、职

---

[1] 括号内为出生年份。

业、年龄有一个概观，也只有通过这样的概观才可以进入一个群落的内部，发现这个群落的特质、走向及意义。

一、学者批评群落

学者群落对中国八十年代文学批评发展的重要性是不言而喻的，它也为九十年代文学批评的学术转型奠定了基础。这些批评家除了才情和学养的优势之外，还遇到了天时和地利等历史机遇，在历史青黄不接的关键时刻出场。这个群落的批评家都有着很好的教育背景，大多批评家是在北京或上海度过大学时光。在北京的青年批评家中，以黄子平、季红真为例，他俩都师从谢冕先生。黄子平，1977年考入北京大学中文系，1982年毕业后又考取北京大学中文系当代文学专业研究生，毕业后留校任教。季红真，1978年考入吉林大学中文系，1982年毕业后又考取北京大学中文系当代文学专业的研究生。在上海的批评家中，以陈思和和王晓明为例，陈思和，1978年考入复旦大学，毕业后留校任教。王晓明，1978年考入华东师范大学中文系，1979年开始攻读中国现代文学专业研究生，师从钱谷融先生，"钱门"弟子在八十年代曾经叱咤风云，王晓明、许子东、李劼、夏中义、殷国明、吴俊、胡河清等人都是钱先生的学生。再比如，福建的南帆也是影响较大的青年批评家，1978年考入厦门大学中文系，1982年又考入华东师范大学中文系研究生，师从徐中玉先生，毕业后分配到福建社会科学院文学所。可见，当年华东师大的师资力量和人文氛围是如何的强大，许杰、施蛰存、徐中玉、钱谷融都是一时俊杰。

经过名校中文系的系统学习，在谢冕、钱谷融、徐中玉等名师的指引下,青年批评家迅速走到了批评的最前沿。他们在最青春飞扬的时候与时代相遇,与文学相遇,每个青年批评家都可说是真诚而热忱地从事着文学批评,批评对他们来说,不是一种职业,更不是一份工作,而是一项荣光的事业。正如王晓明所说:"像我这样的一代人,都是在'文革'的环境里长大成人的。……既渴望理想,又缺乏理想,在七十年代末,大概有许多人都和我相似,是抱着这样的复杂心情,扑进'思想解放'的热潮的吧。"① 这样的一些观念,加上八十年代对五四的再度发现和诠释,在迅速生成的相对激进的启蒙主义思潮推动下,他们在精神谱系上和五四精神建立了深刻的关联。

之所以说是"学者群落",是因为这批人有着系统的学术训练与相对综合的知识谱系,特别是对现代西方学术理论的迅速接受,生成了他们比上一代批评家更专业的素养,更强大的理论阐释能力。李庆西曾分析说:"如果说,在新时期年轻一代评论家中间,吴亮的贡献在于提出'批评即选择'这一命题;黄子平给文学史研究带来了开放的眼光,那么季红真则以'文化—心理'范畴拓宽了批评的思维领域。"② 的确如此,黄子平的成长背景和理论资源在年轻学者中非常具有代表性,属于在学院中成长的新一代批评家。他以机智、幽默加市井味儿的文笔曲折地表达他对文学的理解。他的评论一直坚守着文学的"本色",多是从美感意识去理解艺术问题,同时又有浓郁的学院氛围,有扎实的学理探究,或许,正是基于这样的一种研究,才会有《沉思的老树

---

① 王晓明. 刺丛里的求索 [M]// 王晓明. 思想与文学之间. 北京:人民文学出版社,2004:9.

② 李庆西. 文学批评与"文化–心理"整体意识 [J]. 读书,1986(5):77.

的精灵》的问世。同时，他作为一个年轻学者，肩负着历史所赋予的重任，他一直努力用另一种学者的眼光来研究问题，用另一种思路来打开学术视野。比如，他在研究公刘的诗作时，用了这样一个题目《从云到火》，形象而又准确地概括出诗人前后两期创作风格的变化。再比如，在《道路：扇形地展开》①一文中，他给自己提出的任务是从美学角度探讨一代人在诗的领域里怎样展开自己扇形的道路，以及为什么会有这样的展开，从中找出某种可能是规律性的东西。但与此同时，这个充满才情的精灵也常常处于"艰难的选择"之中。

对一个有独立批评意识的批评家而言，研究方法非常重要。在这一点上，黄子平可以说是不断勇于创新。早在1983年，当文学观念和批评方法变革的热潮还处于潜流状态时，他就发表了《当代文学中的宏观研究》一文，以强烈的历史意识和开阔的思路切入文学批评。1985年，他又发表《深刻的片面》，他从吴亮的"批评即选择"的命题出发，批判了貌似"全面"的批评，提倡一种能够表现出批评家的独创精神和思想力度的批评意识。同一年，他还与陈平原及钱理群一起提出"二十世纪中国文学"的说法，三人连续在《读书》杂志上发表文章《"二十世纪中国文学"三人谈·缘起》《世界眼光——"二十世纪中国文学"三人谈》《二十世纪中国文学三人谈——民族意识》等，还在《文学评论》1985年第5期发表了《论"二十世纪中国文学"》。这种整体性的眼光对文学批评产生了不可低估的影响，也印证了他作为"混合型的批评家"②的特点。

---

① 黄子平. 道路：扇形地展开 [J]. 诗探索，1982（4）：46.
② 王蒙，王干. 十年来的文学批评 [J]. 当代作家评论，1989（2）：14.

在女性批评家中，季红真有较为少见的气魄和力度，她非常善于宏观把握，其硕士论文《文明与愚昧的冲突》就是试图在整体上对新时期文学潮流进行历史的考察。《文明与愚昧的冲突》的副标题是"论新时期小说的基本主题"，她认为新时期小说诸多分散的主题中存在着一种内在联系，那就是作品在对各种文化思想的择取中面临的一个基本矛盾：文明与愚昧的冲突。这种批评的底色就是历史文化社会学，注重强调"文化——心理"结构。这是一种以理论阐发为支撑的、以思想引领为目标的宏观批评，它所产生的影响力量可谓巨大，对二十世纪八十年代后期至九十年代初期的批评风气与风格都有着长久的影响力。

在上海的学者群落中，复旦大学的陈思和和华东师大的王晓明应该是较为引人注目的。1988年下半年，他们在《上海文论》提出"重写文学史"的命题，这也是文学批评独立化和专业化的注脚之一。尤其是到了九十年代，文学史的不断重写都与这次提倡有着或隐或现的联系。陈思和在八十年代中后期曾经提出过一系列的关键词，比如发表于《复旦学报》1985年第3期的《新文学史研究中的整体观》，在文中提出"整体观"；再比如发表于《上海文学》1988年第6期中的《当代文学观念中的战争文化心理》，提出"战争文化心理"。其实从这些富有生命力的关键词中就可看出一个批评家的视野，他追求一种"史的评论"，通过历史的维度对作品进行解读，完成一种现代性视野下的文学宏观研究。

王晓明作为新锐青年学者之一，他的批评有着较为独特之处。黄子平曾经为他的研究方法勾勒出一条逻辑线索：王晓明的批评方法是通过研究作家的"生平文本"和"作品文本"之间的"互文性"，采用作品（叙事结构）——作者（心理状态）——历史（文化)推出的逻辑线索,达到一种以文论人、知人论世的批评目的。[①]王晓明对这样的概括是认同的,比如在分析沙汀小说的时候,就是从时代和作家的关系来探讨作品的价值。"以沙汀小说而言,当然应该仔细分析他个人气质和人生态度等的表现,那些偏重生平、着眼在心理分析甚至强调象征意义的批评方法,也可能很有启发,使我们得到更细致,或者更深入的结论。但这却不能代替对时代和他创作活动的紧密关系的探讨。"[②]偏重心理文化的研究在他后来的批评中越来越明显,典型的文章是《不相信的和不愿意相信的——关于三位"寻根"派作家的创作》,当然这样的分析在充满新意的同时也有"片面的深刻"的嫌疑。

作为"闽派"新秀的代表,在华东师范大学徐中玉先生的引导下,南帆走上了与众不同的批评之路。他在《理解与感悟》的后记中说道:"在华东师范大学期间,徐中玉先生希望我集中一段时间阅读中国古代文论。当时我曾经面有难色。然而,这些阅读对于我的帮助如今已十分明显。……更重要的是:古代文论中一些独具的范畴和思维方式时常会不知不觉地为我的思索竖立了一个参照物。"[③]由于阅读经历和范围的不同,南帆的批评方式和话语都有自己独特的一面。他对刘心武、王蒙、韩少功、王安忆等人的评论能灵敏缜密地分析艺术形象中隐含的价值,有着到位的"理解与感悟"。另外,南帆和黄子平、季红真、陈思和等学者有明显的相似之处,那就是用综合的视野关注"宏观问题"。他认为"持系统的思想观察文学现象,人们发现这个领域的问题

---

① 王晓明. 潜流与漩涡 [M]. 北京:中国社会科学出版社,1991:293.
② 王晓明. 论沙汀的小说创作 [J]. 中国现代文学研究丛刊,1982(4):270.
③ 南帆. 理解与感悟 [M]. 杭州:浙江文艺出版社,1986:384.

远比人们想象的复杂"①。《文学批评的有机整体意识》《文学批评的研究方法与研究目标》《古代文论的宏观研究》等论文都不同层次地展示了其批评的特色。

从职业性质来看，学者评论家更多地依附于高校和研究机构。随着九十年代经济体制的改革，作协、社科院的环境条件相对有所下降，批评家的生存空间被压缩，而高校的环境却相对改善，因此很多批评家在二十世纪九十年代以后渐渐转入高校，学者群落批评逐渐变为"学院派"批评。

二、编辑批评群落

编辑群落离文学现场最近，他们的选择和批评在某种程度上直接影响着"文学生产"的发展。文本的传播和经典作品的形成都离不开编辑的选择与认可。当然，他们批评的激情和动力也来源于那些让人激动人心的作品。正如程德培所说："批评始于感觉，尤其是你每天面对堆积如山，而绝大部分都要被人遗忘的作品时，感觉始终是你的引路人。……'感受'将成为更高级的，其他方式所难以替代的认识模式。"②在"近水楼台先得月"的地利下，编辑群落在八十年代文学批评中始终是最具有活力的群落。正如李庆西所言："在我看来，文学评论也是一种人生态度。一个评论家对自身身边的事物倘若丧失兴趣，那么他在文学上显示的热情恐怕也只是一番虚情假意，做起来也多少有些勉为其难。"③

---

① 南帆. 理解与感悟 [M]. 杭州：浙江文艺出版社，1986：71.
② 程德培，白亮. 记忆·阅读·方法 [J]. 南方文坛，2008（5）：51
③ 李庆西. 文学评论也是一种人生态度 [J]. 文学自由谈，1986（3）：80.

值得注意的是，有几个领军人物的批评家都没有大学教育背景，比如李陀、吴亮、程德培等。这也是八十年代文学批评的特色之一，"阅读"要比"求学"更重要，由于"文革"期间读书资源极其贫乏，因此八十年代是一个读书的时代，一个敬重精神和崇尚文学的时代，大家都在如饥似渴地阅读。当阅读作为一种生活方式和理念时，知识的学院性与谱系感反而不是那么重要，学校的系统学习并不是唯一的选择，真正有才气的人总会崛起。

如果研究青年批评家的地域问题，就会发现这个群落与老一代及中年批评家的地域有着显著不同，那就是地域的强化和淡化同时呈现。比如吴亮在1985年就呼吁建立"圈子批评家"，他认为，"圈外的、全知型的批评家，总是企图找一把万能的尺子，来衡量所有的小说现象，这样就容易变得狭隘和武断。能弥补这一缺陷的，只有靠那些圈子批评家，因为唯有他们才深知小说家独特的精神探索轨迹，并谙熟小说家所热衷的某些专题乃至各种古怪的个人癖好。"① 这样的圈子批评应该是一种更加职业化的要求，也是对批评独立性和专业性的呼唤。那种普泛的批评其实离真正的文本还颇有一段距离。在这种有意识的努力之下，上海确实建立了自己的圈子批评，比如吴亮、蔡翔、程德培等人都是非常有影响力的批评家。从这个角度来看，地域在群落中得到了最大程度的彰显。但与此同时，青年批评家对地理位置的感觉日渐淡化，因为他们在城市之间的移动越来越频繁，比如李洁非、潘凯雄从上海来到北京，徐敬亚从吉林去了深圳，王干从江苏来到北京，又从北京回到江苏等，就像多多的诗中所言："迁徙已成盛宴。"

---

① 吴亮. 当代小说与圈子批评家[J]. 小说评论，1986（1）：50.

二十世纪八十年代是文学期刊复兴的黄金时期，编辑群落的人员众多，为了突出其特色，只有采用典型个案来切入这个群落。本书主要选择的代表有上海的吴亮、程德培、蔡翔，北京的李陀、贺绍俊、潘凯雄，浙江的李庆西，他们的经历是多姿多彩的。潘凯雄和贺绍俊1983年分别毕业于复旦大学中文系和北京大学中文系，当年一起分到《文艺报》工作；吴亮和程德培都做过工人，后来调至中国作家协会上海分会理论研究室工作；蔡翔曾插队务农，也当过工人，1980年上海师范大学中文系毕业，后到《上海文学》做了编辑；李庆西曾经赴北大荒支边，1982年毕业于黑龙江大学中文系，后来在浙江文艺出版社担任编辑。

李陀关于"现代派"的讨论，对于余华的发现等事件都展现了"老大"的风范。李庆西、吴亮、程德培都是"杭州会议"的重要参与者，李庆西还是组织者之一。李庆西和黄育海曾是"新人文论"的责任编辑，这套书对于青年批评家的崛起起到了推波助澜的作用。吴亮和程德培主编的《新小说在1985年》一书，是先锋小说的经典选本。

北方的文学批评与社会和文化联系紧密，南方的批评与体验和审美结合得更好。《上海文学》和《上海文论》为这些真诚而敏感的声音提供了平台，他们不刻意构建宏观的理论体系，而是全身心地投入到文本中去，完成批评家与作家的精神交流和"灵魂与灵魂的对话"。他们是失之东隅，收之桑榆，这恰恰构成了八十年代完整的批评格局。雷达在《中年批评家自省》一文中曾说道："我曾与曾镇南谈到这一点，上海中年人扶植的青年评论家，很有锐气，我们看了很高兴，很活跃，我认为其优势之一就在于他们是这一批人，如果上海只出了一个人，我认为很可能就是把一条河里的鱼抓到鱼缸里去了，可能活不长，这里不能忽视同行之间的交流、互相激励，互相刺激、激发。"① 而吴亮认为，"小说发展的多样化和小型化，暗示了一种批评分工的前景，这一前景已经向我们隐约地呈现出一个新的组合模型：不是小说家和批评家各自成为两个营垒，而是由几个小说家和几个批评家组成一个文学圈，这个圈子有着自身的运转机能和协调机能，以及对外说话的多种媒介工具。"② 新潮小说的多元和繁荣，吴亮、程德培、蔡翔等批评家的聚合，《上海文学》和《上海文论》的平台，这一切都将上海编辑群落的批评推到了一个制高点。

如果说上海文学批评的编辑群落是二十世纪八十年代全国文学编辑批评的中心，那么，吴亮可以说是中心中的中心。吴亮是八十年代文学批评中的一个传奇人物，他在《当代作家评论》发表的《马原的叙述圈套》让他风靡一时，几乎一夜之间他登上了批评界的最高峰，成了他人仰望的对象。更重要的是，吴亮让批评家找到了更多的自信。对于一个批评家来说，"选题"是非常重要的。马原在八十年代的大师地位可以借用格非的话作为补充，"在他身上，我几乎看到了一位伟大作家所必须具备的所有素质和禀赋。"③ 马原是作家们的敬仰者，吴亮也是批评界的权威，他们之间的较量作为一个时代的经典瞬间被定格。

吴亮选择了马原作为研究对象，可以说是棋逢对手，正如他在文中所言："阐释马原是我由来已久的一个愿望，在读了他的绝大部分小说之后，我想我有理由对自己的智商和想象力（我从

---

① 何西来，雷达，等. 中年批评家自省 [J]. 文学自由谈，1986（6）：39.
② 吴亮. 当代小说与圈子批评家 [J]. 小说评论，1986（1）：49.
③ 格非. 塞壬的歌声 [M]. 上海：上海文艺出版社，2001：65.

来不相信学问对我会有真正的帮助）表示自信和满意；特别是面对马原这个玩熟了智力魔方的小说家，我总算找到了对手。"①吴亮的批评不仅契合了马原的文本，更重要的是发明了一个"叙述圈套"，他紧接着又写了《关于洪峰的提纲》，但却再也不能引起马原式的关注，因为《马原的叙述圈套》是第一篇较为系统的关于"叙述"的批评。其实，吴亮在选题的同时就把自己的激情奉献到了一种特定的关系之中，扩张了心灵的创造的欲望，记忆中生动活泼的东西一起被唤醒。因为"人人都有某种程度上的热情，人人都有某种程度上的勇气，人人都有某种程度上的和某种形式上的天才。然而，所有这些特性都必须设想总是处于同某些特定的奉献的关系之中"②。

吴亮一直试图确立自我并自我表现，希望能够从文学理论的教条下解放出来，反对批评对概念的膜拜。在《〈小鲍庄〉的形式与涵义——答友人问》中，他曾强调说："我一直试图把艺术的本体分析和个人感觉融会起来，我知道这样做有不少难点。"③在吴亮的评论中，敏锐的直觉一直处于极其重要的地位。比如："不妨想象一下雨水在窗玻璃上往下流淌的数十条蜿蜒的小溪流，并置型结构就是这么一幅图像。"④《告别1986》一文中，"我想断言，莫言的小说在某种程度上是无师自通的。""我凭着直觉发现，在写这篇小说时，陈村的灵魂已出了窍，几乎是神不附

---

① 吴亮. 马原的叙事套圈 [J]. 当代作家评论，1987（3）：45.
② 【德】斐迪南·滕尼斯；林荣远，译，共同体与社会 [M]. 北京：商务印书馆，1999：166.
③ 吴亮.《小鲍庄》的形式与涵义——答友人问 [J]. 文艺研究，1985（6）：84.
④ 吴亮.《小鲍庄》的形式与涵义——答友人问 [J]. 文艺研究，1985（6）：81.

体了。"① 吴亮在《新小说在 1985 年》的序言中就宣布："我是在尽力忘却自我的心境中来接触 1985 年的某些小说的,我想用直感来掂量它们。"② 可见,直觉在吴亮的批评中占有重要地位。

作为编辑的批评家在八十年代文学批评中带有很多的激情色彩,当他们不得不走出"理想国"之后,批评的激情渐次降温。而学院成长起来的批评家开始走向专业化批评,在理论的支撑下,通过专业的解读,使自己的批评得以继续的同时,也渐渐变为职业化的研究。

三、群落之外——作家批评

之所以把作家群落批评看为群落之外的批评,是因为老中青三代的划分基本是从"代际"的角度来考察的,而作家批评受到的年龄影响相对较小。再者,由于他们共同创作的经验在某种程度上呈现出一种批评的趋同性,那就是一种心灵的体悟,属于印象批评或经验批评。这个群落的主要代表有孙犁、汪曾祺、王蒙、冯骥才、刘心武、郑义、韩少功、阿城、王安忆等作家。他们年龄的跨度非常大,孙犁是 1913 年出生的,汪曾祺是 1920 年出生的,王蒙是 1934 年出生的,韩少功是 1953 年出生的,可以说跨越了近半个世纪。出生时间的差异并没有妨碍他们很好地介入文学批评。

"作家的评论往往把自己的创作体验与别人作品融合起来

---

① 吴亮. 告别 1986 [J]. 当代作家评论, 1987(2): 92.
② 吴亮, 程德培. 新小说在 1985 年 [C]. 上海: 上海社会科学出版社, 1986: 2.（吴亮序言）

谈。"① 很显然，经验在作家的批评中是至关重要的。"'经验'是人类实践的产物，故称'实践经验'；同时，经验又是人类知识和技能的积淀，属于意识和精神范畴。既是实践的，又是精神的，这就是'经验思维'的二重组合原理，同时也是其作为人类把握世界的一种特殊方式的二重性。"② 作家的经验就是这样的二重组合，既有实践的元素，也有精神思索的因子，因此他们往往能够在某种程度上超越时代的公共限制。比如孙犁在1980年就提醒："在理论方面，我们应该学点美学。多年我们不注意这个问题了，这方面的基础很差。不能只学一家的美学，古典美学，托尔斯泰的、普列汉诺夫的、卢那察尔斯基的，甚至日本那个厨川白村，还有弗洛伊德的都可以学习。弗洛伊德完全没有道理？不见得。都要参考，还有中国的钟嵘、刘勰。"而且，他还进一步阐释："自己对自己的作品，体会是比较深的。在过去若干年里，强调政治，我的作品就不行了。"③ 面对当时的现实情境，孙犁的批评就显得弥足珍贵了。

1980年《文艺报》的第9期还特地开设"文学表现手法探索笔谈"栏目，邀请作家王蒙、李陀、宗璞、张洁等作家来参与讨论。王蒙在剖析自己的作品时说道："有吸收了某些'意识流'手法的，也有吸收了侯宝林、马季的相声手法和阿凡提故事的幽默手法的，在《风筝飘带》和《蝴蝶》中，我还有意识地吸收鲁迅杂文手法和李商隐的象征手法。"④ 无论是宗璞强调的"广收博采，推陈出新"，还是张洁在乎的传统现实主义的重要性，大家都给

---

① 王蒙，王干. 十年来的文学批评 [J]. 当代作家评论，1989（2）：6.
② 赵宪章. 形式的诱惑 [M]. 济南：山东友谊出版社，2007：121.
③ 孙犁. 文学和生活的路 [J]. 文艺报，1980（4）：60—61.
④ 王蒙. 对一些文学观念的探讨 [J]. 文艺报，1980（9）：51.

予了一些富有启示的建议。

作家的批评更富有反叛精神,因为作家的创作就是在一次次不断地超越自己中前进。比如,在正本清源的潮流中,秦牧呼吁"小史"的出现,认为"实际生活中有一些人物,他们个人生活的纬线和历史潮流的经线互相交织起来,形成了一部部灿烂的锦缎似的'小史'"①。王蒙在《反真实论初探》一文中就一针见血地指出:"生活成了英雄的陪衬,至多不过是提供英雄叱咤风云的舞台。"②王蒙和王干的"对话录"曾经成为批评界的热门话题,备受关注,这也再次证明了作家和批评家身份的融合,也是一种回味悠长的双重见证。这些"反拨"的声音更加接近文学批评的本质,也更能够凸显作家批评的立场和品格。

作家批评在八十年代文学批评中比较有号召力,比如由他们引发的"现代派之争"和"寻根批评"。吴亮在呼吁"圈子批评"的时候,曾经追溯到它的前身,那就是作家批评。"小说家圈子事实上在若干年以前就悄悄地形成了,因此,小说家们自己的批评,显然就是圈子批评家出现的预告。他们的批评,避免了隔靴搔痒的毛病,又有切身的经验和体察,往往具有局外人难以做到的细微和会心之处。他们阐发和交换各自的经验和印象,并不期望人们在理论上的高度归纳。"③费振钟和王干在《论王蒙的小说观念》一文里也表达了类似的观点:"王蒙以小说家的身份而兼做小说批评,似乎省去了不少麻烦。因为他正致力于小说创作实践,对小说这门语言艺术,甘苦自知而感受弥切。这就是我们

---

① 秦牧. 我们需要传记文学 [J]. 上海文艺,1978(7):78.
② 王蒙. 反真实论初探 [J]. 文学评论,1979(5):91.
③ 吴亮. 当代小说与圈子批评家 [J]. 小说评论,1986(1):48.

读他漫谈小说创作的文章,觉得恳切而不故作惊人之谈,略无'隔靴'之憾的原因了。"① 余华于八十年代末发表了《虚伪的作品》,这篇文章也涉及了写作的很多核心问题,他在开篇中就说:"现在我似乎比以往任何时候都明白自己为何写作,我的所有努力都是为了更加接近真实。因此在1986年底写完《十八岁出门远行》后的兴奋,不是没有道理的。那时候我感到这篇小说十分真实,同时我也意识到其形式的虚伪。"② 理论的归纳需要很强的逻辑推理,这未必是作家擅长的,但洞察幽微的本领却让他们在写作经验中引领文学批评潮流。

---

① 费振钟,王干. 论王蒙的小说观念 [J]. 当代作家评论,1985(3):4.
② 余华. 虚伪的作品 [J]. 上海文论,1989(5):44.

第三章

文学批评与文学生产

虽然通常意义上可以说"创作繁荣,提供了批评繁荣的条件;批评繁荣,保证了创作繁荣的前景"①,但就中国二十世纪八十年代文学批评而言,文学批评与文学创作之间的互动关系更为微妙和复杂。频繁发生的争鸣批评事件常常如春风或寒潮对文学创作产生直接而强烈的影响,"忽如一夜春风来,千树万树梨花开",或是"满地黄花堆积,憔悴损",都使文学界一夜之间判若两季。有的批评保护了作家和作品免受中伤,有的批评则在特定时期打击或压制了一些作家与作品,不过,在八十年代中期这种情形有了改观,批评与文学实践的关系变得积极起来,如在寻根文学潮流中,批评与创作就完成了某种"超前"的"合谋";在"现代派之争"中,批评也为创作提供了技术上的支持,诠释并推动了创作的发展;在话剧和先锋小说探索的初期,批评首先表现出其迟滞一面,随后又推动了它们的发展。

---

① 李长之. 为专业批评家呼吁 [A]. 李长之书评(第一卷)书评理论 [C]. 石家庄:河北教育出版社,2006:79.

第一节　从道德到审美
——批评标准的演变与文学创作

最初，文学批评的标准仍是以简单阶级论与庸俗社会学为基础的政治判断，在这个大前提下有时又幻化为一种道德标准，这种标准本质上仍是政治标签的一种具体化，通过服务对象或受众的多寡，通过人物的思想倾向的辨析，来认定作品是否符合"人民群众"的需要，并据此来判定其倾向与价值。二十世纪七十年代末和八十年代上半期，这种道德化批评依然是主要流向，审美批评是较早反拨这一流向的重要力量，但这一流向因处于弱势而屡遭压制，一直到八十年代中期，随着西方理论的涌入和学习，道德批评才逐渐被淡化，文学批评呈现出相对多元的倾向。文学的真正繁荣与深化期才宣告来到。

一、政治规训：以"道德"的名义

如前诉述，政治批评与道德批评常常彰显为一种事件性和群体的讨伐，十年中发生了多次争鸣与讨论，如"歌德"与"缺德"、文艺与政治的关系问题、形象思维问题、人性和人道主义问题、现代派之争、朦胧诗论争、戏剧观大讨论等。无论是思想理论领域，还是小说诗歌范畴，以及戏剧界，都在一次次的博弈中成长，或涅槃或式微。参与讨论的批评家之多，发表的文章之多，引起的影响之大都令人难以忘怀，这也是八十年代文学批评的独特气象。

1979年，李剑在《河北文艺》第6期发表名为《"歌德"与"缺德"》的随笔，认为没有任何理由不为"四化"高歌，"当今世界上如此美好的社会主义为何不可'歌'其'德'？而那种昧着良心，不看事实，把洋人的擦脚布当作领带挂在脖子上，大叫大嚷我们不如修正主义、资本主义的人，虽没有'歌德'之嫌，但却有'缺德'之行。"①这篇文章引发了一场关于"歌德"与"缺德"的讨论。

每场风波都有其来龙去脉，"歌德"与"缺德"的理论纷争，其实是"文革"期间"歌颂"与"暴露"问题的自动延续。《伤痕》《班主任》《丹心谱》《大墙下的红玉兰》《我该怎么办？》等作品在某种程度上展示了"文革"对人们造成的创伤。由于"文革"批评思维模式和话语系统的延续，有些批评家面对这些伤痕作品，不自觉地回到一种习惯的思维之中，呼吁"歌德"作品的问世，黄安思的《向前看啊！文艺》也是类似批评的代表。当然李剑等"歌德派"也遭到更多批评者的反击与围攻，最后正确的观点占了上风，但这表明，在这个季候转换时期批评界的整体思绪状况尚落后于创作界。

---

① 李剑. "歌德"与"缺德"[J]. 河北文艺, 1979（6）: 5.

如果说创作界是以其不断的探索突破着政治的束缚和拘囿的话，那么批评界则相反，还在小心翼翼地试探着政治的冷暖与风向。不同的批评观念直接影响了文学的创作，所以，尽管"歌德"一派受到批评，但实际上这并不意味着文学创作可以随心所欲地"缺德"，而常常是以政治的许可限度而进行求全责备。

不过，即使老一代批评家也感受到了时代气氛的日益宽松与进步，他们也曾积极保护了一些作品免受中伤，像冯牧、陈荒煤、朱寨、洁泯、刘锡诚、阎纲、何西来、缪俊杰、陈丹晨、陈骏涛、顾骧等批评家为保护某些作家和作品做出过不懈的努力。对一些带有伤痕色彩的作品及时给予肯定，比如陈荒煤认为"《伤痕》是一个好的作品"，"尽管小说有些描写还不够真实和深刻"，"可是小说毕竟概括地描写了这一历史的大悲剧的一个侧面"①。不过，这样的保护是有限度的，他们主要还是从"真实性""社会效果"等角度来解读文本的合法性，艺术标准依然不能成为文学批评的依据。由于国家意识形态的开放进程和多数中老年批评家的思想进程是较为同步的，所以，当出现了《人啊，人！》《春天里的童话》《晚霞消失的时候》《飞天》《在社会的档案里》《苦恋》等作品时，批评观念的分歧和意识形态的导向就非常明显了。比如叶橹在谈《晚霞消失的时候》创作上的得失时，认为"作者实际上把楚轩吾当作了耶和华精神的一个方面的化身，而把南珊作为耶和华精神的实践者和后继人。这种唯心主义的社会观和道德观，

---

① 陈荒煤. 《伤痕》也触动了文艺创作的伤痕 [N]. 文汇报，1978-9-19.

严重地损害了《晚霞消失的时候》的思想性和艺术性，使这部尽管显露出动人的艺术光彩的作品，大大地降低了它的价值"①。当艺术和道德发生冲突的时候，多数批评家本能地选择后者，而选择用艺术标准进行阐释的批评家往往受到限制。当这种道德化批评在新时期初期成为一种标准的时候，另外一些与这个时代的氛围发生冲突的作品自然会被压抑甚至遮蔽。如金河于 1979 年在《上海文学》第 4 期发表的小说《重逢》，可谓展现了一场"心灵的重逢"，在主人公朱春信和叶辉的重逢中隐含了"文革"中复杂的变迁，却遭到了这样的批评："小说《重逢》撇开了制造大规模武斗流血事件的元凶'四人帮'，而去罗织老干部朱春信的什么武斗罪名，去对他进行'良心的审讯'，显然是弄错了方向，搞错了对象。"②金河为自己辩解说："我写《重逢》，是想用文学形象提请读者思考这样一个问题：应该怎样看待人们，特别是一代'红卫兵小将'在'文革'中所犯的错误或罪过？"③但这样具有人性拷问意味的反思在当时是不具有合法性的。

还有一部更有价值的被屏蔽的反思作品是贾大山的《取经》，从当时的历史语境来说，这篇小说反思的深度和艺术水准相对成熟，《人民文学》也对其进行了转载，小说中说道："当然，万恶的'四人帮'的干扰破坏是最主要的原因，这是他们不可开脱的一条罪责。可是，李庄呢，不是处在同样的干扰破坏之

---

① 叶橹. 谈《晚霞消失的时候》创作上的得失 [J]. 文艺报, 1981 (23): 32-33.

② 杜哉. 到底谁该受审判——评短篇小说《重逢》[N]. 文汇报, 1979-6-22.

③ 金河. 我为什么写《重逢》[J]. 上海文学, 1979 (8): 72.

下吗？"① 言外之意，"四人帮"只是一个抽象的符号，更多的悲剧是由更多具体的人与事导致的，历史的罪责不应只由一个空洞的符号来承担，反思应当更加具体。《取经》应该是当时伤痕潮流中较为重要的作品，但却没有在文学史中留下太多痕迹。当代文学史中之所以会反复提到《班主任》和《伤痕》而不提《重逢》，一个很重要的原因就是前者为政治——道德的批评模式提供了合适的文本，而后者尽管更有反思深度和思想价值，但却因为超出了政治限度而使批评者不易作出合适的诠释，所以终被湮没。这种情形应该是我们研究八十年代文学批评重要的启示之一。

批评者声称自己批评的标准依然是"按照人民的意志和艺术科学的标准"②，而"人民"这样的概念又无疑是一种习惯的虚构，由于《班主任》对"伤痕"和"前进"主题的设计与处理分寸都恰到好处，并借助张俊石、谢惠敏、尹老师、宋宝琦、石红等形象使这一混合性的政治主题达成了一种"平衡"，由此完成了当下"拨乱反正""抓纲治国"的叙事想象，所以"人民"和批评家都选择了《班主任》，而像《取经》和《重逢》那样的作品注定会被遮蔽。这种批评的简单化倾向消解了文学历史本身的丰富性，使得那段历史的文学记忆也变得简单化。

"歌德"与"缺德"是围绕着一个"德"字展开的，这表明此时期的批评习惯是：不是从作品的艺术水准和审美含量来评价，而是直接给予一种道德的判断。用道德主义者的眼光来看待文学

---

① 贾大山. 取经 [J]. 人民文学，1977（11）：78.
② 周扬. 按照人民的意志和艺术科学的标准来评奖作品 [J]. 文艺报，1981（12）：5.

当然有由来已久的传统，但当代则发展为一种"道德——政治"合一的制度性标准，"因人废文"的事情经常发生，一旦作家定性为阶级异类，其作品也便宣告为禁区，悉数打入冷宫。在"十七年"及"文革"期间，作家的创作选题也要经过领导人的审查和筛选，比如冯雪峰，他 1964 年被派去河南林县参加"四清"时，本有继续写红军长征题材的长篇小说《卢代之死》和一部有关太平天国的小说的计划，但作协领导人觉得他的"摘帽右派"的政治身份，不宜写伟大的长征，只批准他写太平天国的小说。冯雪峰伤痛欲绝，把已写好的几十万字初稿，付之一炬。而写太平天国兴衰的小说《小天堂》，最终也胎死腹中。[①]这是一个例子，虽然这种逻辑在七十年代末八十年代初已经不合时宜，但"歌德"与"缺德"这类文章的出发点仍可看出内在的历史联系。

"群众"的认可具有道德优越性，作家的创作是否得到"人民的欢迎"常常是通过某种信息收集的形式来体现，比如"读者来信"的形式，批评家的文章的定性似乎更有说服力。比如刘心武在 1978 年第 5 期的《文学评论》上说道："读者来信源源不断地涌向《人民文学》编辑部，很快就达到二三百封之多，我自己也直接收到了近百封。"[②] 这种来自读者的热烈支持不但使一个作家获得了强大的道德力量，而且也是使其《班主任》迅速经典化，成为伤痕文学之代表作的有力支持。当然，在某种程度上来说，读者过度热情的关注对作家来说也是一种"束缚"。刘心

---

① 王培元. 在朝内 166 号与前辈魂灵相遇 [M]. 北京：人民文学出版社，2007：28.

② 刘心武. 生活的创造者说：走这条路！[J]. 文学评论，1978（5）：58.

武这一时期的创作也受到了影响:既与敏感的意识形态取得一致,同时又力求不断有"突破",走在思想解放的前列,因此"刘心武的这一类获得了巨大成功的政治书写深刻反映了七八十年代之交中国社会权力关系的变革"①,变革转型中的复杂态势也能呈现在这些典型的创作和批评文本之中。

这种高调的政治评判以及激进和狂热的道德情绪,是对前期文学批评思维方式和话语的延续,正如有西方理论家所指出的,"这种批评出现过狂热的现象。随着批评尺度的简单化和千篇一律的运用,令人明显不快地感到,这种批评的深度是牺牲了广度获得的。詹姆士·法雷尔在《文艺批评札记》(1936)里,严厉地要求同代的马克思主义批评家正视他们一味把问题简单化的做法。"②在中国当代文学批评中,这种把问题简单化的倾向也同样明显,批评的标准主要集中在作品的"真实"与否和"典型"与否上。并且以"在我们的生活中正确终将取代错误,在道德观念上真善美终将战胜假恶丑"③这样的信条将有限的"创伤"和灾难描写合法化。

在一些书写爱情及性意识等更具个人倾向的作品中,道德批评的抑制倾向就更明显一些,比如张洁的《爱,是不能忘记的》就曾引起了许多批评家喋喋不休的争论。黄秋耘说,"这篇小说并不是一般的爱情故事,它所写的是人类在感情生活上一种难以弥补的缺陷,作者企图探讨和提出的,并不是什么恋爱观的问题,

---

① 李扬. 重返"新时期文学"的意义 [J]. 文艺研究,2005(1):8.

② 【美】魏伯·司各特;蓝仁哲,译. 当代英美文艺批评的五种模式 [J]. 文艺理论研究,1982(3):150.

③ 吴子敏. 道德观念上的歌颂与谴责 [J]. 文学评论,1980(5):106.

而是社会学的问题。"①这种断言一下子就从社会学范畴与道德意义上指出了其危险倾向，而根本不会顾及它在人性和审美上做了哪些探索，一下子就找到了否定的理由。当然也有辩护者，如谢冕和陈素琰则认为"作家的思想触角正向着社会生活的更为纵深的隐秘的部分延伸"②；但李希凡则果断地认为，"并非一切爱情都是神圣的，只有符合道德的纯洁真挚的爱情才是高尚的。与道德相悖的爱情则是渺小可鄙的。因此，必须以道德作为爱情的准则。"③"没有爱情的婚姻是不道德的"与"将自己的幸福建立在他人的痛苦之上是不道德的"，从这些典型的道德批评话语中，可以看出批评家不是在艺术层面上的争鸣，更非对个体关怀的论争。

在八十年代中期，王安忆写出"三恋"，分别是发表于《十月》1986年第4期的《荒山之恋》，发表于《上海文学》1986年第8期的《小城之恋》，发表于《钟山》1987年第1期的《锦绣谷之恋》。尽管已迟至八十年代中后期了，但直接涉及性爱的叙事还是遭到巨大的阻力，并形成了一场"风波"。对一个传统文化历史如此悠久的民族来说，淡化这种"不洁感"是很难的。正如批评家贺绍俊和潘凯雄所言："不洁感是人们的一种道德意识。道德规范本来是要使人类更多地摆脱兽性，在文明的气氛中发展人性。可是不洁感的作用恰巧相反，它使人们陷入兽性的迷蒙之中难以脱身。这是一种旧的道德意识，应该加以否定。"④当新的批评观念和青年批评家一起

---

① 黄秋耘. 关于张洁同志作品的断想 [J]. 文艺报，1980（1）：27.
② 谢冕，陈素琰. 在新的生活中思考 [J]. 北京文艺，1980（2）：73.
③ 李希凡."倘若真有所谓天国……"[J]. 文艺报，1980（5）：51.
④ 贺绍俊，潘凯雄. 性与爱的困惑 [M]. 上海：上海文化出版社，1988：67.

崛起的时候，批评的视野逐渐被打开，道德的标准才渐渐退出中心。

二、反抗：以"审美"的名义

"朦胧诗"最初是一个颇有否定和讽刺意味的概念，它呈现出这时期文学批评与审美能力的滞后性，"读不懂"和"晦涩"成为这时期反对者普遍的理由。而事实上，以艾青为例，他也声称"叫人读不懂的诗，起码不是好诗"，可是他自己早在二十世纪三十年代写出大量现代诗，其"难懂"的程度现在看来要远胜过八十年代初的朦胧诗，而艾青都读不懂它们，这不能不说是一个"历史性的倒退"，社会学价值标准与政治道德化批评的长期泛滥，几乎阉割了当代中国人起码的审美能力。此后朦胧诗的迅速崛起与批评界的"三个崛起"是密切关联的，而"三个崛起"还是以对新型审美要素有力阐释为朦胧诗提供了合法空间和存在理由。

朦胧诗人的一举成名，除了自身的价值外，还因为遇到了好的历史机遇。诗歌批评就是他们机遇中的一个构成部分，诗歌批评对朦胧诗的传播起到了不可低估的作用。最初，公刘对顾城发表在《星星》复刊号上的几首诗的评点不期引发了这场论争，而他正是首先肯定了顾城奇特的句子和思索的价值，"既要'探险'，就不免冒险，就必须另辟蹊径，就不能老是重复别人的脚印"。公刘虽然没有明确意识到这是一个重大的诗歌艺术变革的命题，却是以"探险"而引出了"新的课题"，引起了文学界和评论界对顾城诗歌的关注。随后，《福建文学》就从如何看待舒婷的诗入手，开辟了"新诗发展问题讨论"的专栏来进行讨论。接着《诗刊》《作品》《诗探索》《文汇报》等报刊组织文章展开回应和争鸣。

《在新的崛起面前》是崛起系列中的第一篇，谢冕基于历史的教训与规律，向急于否定和批判的人提出了建议和告训，他指出，"对于这些'古怪'的诗，有些评论者则沉不住气，便要急着出来加以'引导'。有的则惶惶不安，以为诗歌出了乱子了。这些人也许是好心的。但我却主张听听、看看、想想，不要急于'采取行动'。"因为"我们一时不习惯的东西，未必就是坏东西；我们读得不很懂的诗，未必就是坏诗"。其实是提醒人们注意艺术的内部规律，注意当代诗歌整体的审美新变，"一潭死水并不是发展，有风、有浪、有骚动，才是运动的正常规律。当前的诗歌形势是非常合理的。鉴于历史的教训，适当容忍和宽宏，我以为是有利于新诗的发展的"①。谢冕之所以能够在时代的潮流中脱颖而出，是因为他对历史作出了较好的"把握"。程文超说："他的文章，不是对某种理论的阐释，而是他直觉思维的成果。"②的确，这篇文章没有太多诗歌理论的阐释，也没有引导的意图，而是主张"看看""想想"。看似简单的陈述恰好是对当时语境中最对位的选择，这种批评方式给予了朦胧诗一定喘息的空间，让其在等待中发芽、开花。

一篇文章的意义必须在"历史现场"的语境中才能呈现出来。《诗刊》开始刊登北岛的《回答》、舒婷的《致橡树》，这些面孔毕竟还是很陌生的，也只是被公开刊物有限地接纳。这些作品

---

① 谢冕. 在新的崛起面前[N]. 光明日报，1980-5-7.
② 程文超. 意义的诱惑[M]. 长春：时代文艺出版社，1993：5.

的发表只是一种孤立的个案，并未表明新的诗歌潮流已被整体接纳。而且，批评界一时"失语"，尚无力对真正"朦胧"的作品予以分析，而只能对处在新潮流之边缘部分的、比较靠近政治或社会学表达的那些作品发言。

有意思的是，当反对者用"读不懂"来批评朦胧诗时，朦胧诗的年轻诗人却认为"朦胧"是他们的特色，甚至是优势。有位批评家回忆说："我记得在南宁的诗歌讨论会上，一位年轻的诗歌理论家说的话非常直率。他说中国新诗的发展的前途就是朦胧诗。如果说读者读不懂朦胧诗，那是读者的耻辱，应该提高读者的文化修养，到能够读得懂。"① 这说明朦胧诗人并不认为对方抓住了要害，反而内心有一丝隐秘的不屑。反对者的内心却是充满焦虑，就连诗人艾青也无法接受"把朦胧诗说成是诗的发展方向"，认为这崛起的一代"因蒙受苦难而蔑视权威"，并判定"这是惹不起的一代"。② 从这些带有强烈感情色彩的话语来看，老一代诗人不愿意把朦胧诗视为诗的发展方向，更不愿他们蔑视权威。因为，他们就是权威的代表。于是，他们就以"看不懂"为由矮化、窄化朦胧诗，换句话说，就是朦胧诗不能为大多数人服务，这样一来，问题就会严重些。这场论争不是"对话"，而是两代人之间的一场权力的"博弈"。为此，有的批评家就为朦胧诗的命运进行了定位："其后果是：谁抛开了时代，谁也就必然为时代所抛弃。朦胧诗命运的悲剧，正在这里。"③ 讽刺就出现在历史喧嚣的时刻，真的是"谁抛开了时代，谁也就必然为时代

---

① 方冰. 我对于"朦胧诗"的看法 [N]. 光明日报，1981-1-28.
② 艾青. 从"朦胧诗"谈起 [N]. 文汇报，1981-5-12.
③ 李丛中. 朦胧诗的命运 [J]. 当代文艺思潮，1982（3）：8.

所抛弃"了。诗就是诗，不会因为权威的蔑视而沉落和消亡。约瑟夫·布罗茨基在《哀泣的缪斯》中曾对诗歌做过一个准确的评价："在历史的特定阶段上，只有诗歌可以诉诸现实，将现实浓缩为某种可以触摸得到的东西，某种若非如此便难以为心灵所保持的东西。"①朦胧诗正是以艺术的方式书写了这个变革中的时代，并被时代记忆和选择为见证与经典，而那些否定者的批评却最终被历史所遗弃。

第二篇崛起的文章是孙绍振的《新的美学原则在崛起》。如果说谢冕是平和谨慎的观望姿态，那么孙绍振就是标立观念、打出旗帜的挑战的姿态了。"与其说是新人的崛起，不如说是一种新的美学原则的崛起。这种新的美学原则，不能说与传统的美学观念没有任何联系，但崛起的青年对我们传统美学观念常常表现出一种不驯服的姿态。"②这样的表述说明孙绍振已开始试图从艺术经验和审美标准去评价朦胧诗，为"表现自我"争取空间。前面已经提到孙绍振冒险背后的忐忑不安。自从《诗刊》发表该文后，在第四、第五、第六、第七、第八等期连续发表了程代熙的《评〈新的美学原则在崛起〉》等一系列辩难的文章。不过，孙绍振也因此一举成名，并得到青年人的支持和追捧，他对于朦胧诗艺术立场和美学原则的定位极大地提升了人们对朦胧诗艺术品质与价值的认识与理解，也启发了读者阅读朦胧诗的审美视阈。

如果说孙绍振是"先锋"的姿态，那么，徐敬亚的姿态就是冲锋陷阵了。在《崛起的诗群——评我国诗歌的现代倾向》中，他大胆地对当时流行的权威的"现实主义"给予了讽刺和否定。

---

① 转引自张新颖. 默读的声音 [M]. 广州：广东教育出版社，2004：3.
② 孙绍振. 新的美学原则在崛起 [J]. 诗刊，1981（3）：55.

徐敬亚冒天下之大不韪的精神却深深根植于年轻一代的内心深处。朦胧诗越被压抑，反而传播越广，影响越大。朦胧诗在一次次批判下反而获得了强有力的地位，因为一个强大的年轻群体已经成形，几届大学生已经成为接受朦胧诗的主体。诗歌论争成了宣传朦胧诗的最有效的途径，同样，"作为这一次规模巨大的论争的积极结果，则是导致对于诗歌艺术理论批评的重视，并对此有大的推动"①。从这个角度看，朦胧诗论争与朦胧诗的发展真的是休戚相关。但是在徐敬亚激情四射的语言中，我们也看到了这背后的错位。他只说出了现代主义的一面，但事实上却是，朦胧诗仍然固守了"民族"或"人民"的主体观念，在这点上他与西方现代主义者仍有本质的不同。与其说批评者恶意地误读了他们，那么还不如说赞扬者善意地拔高了他们。某种意义上，这也是批评与创作"不对位"的表现。以江河的《纪念碑》为例，"中华民族的历史有多么沉重／我就有多少重量／中华民族有多少伤口／我就流出过多少血液"。朦胧诗的核心还是积极地介入民族历史，只不过是倾向于心灵的探索而已；而西方现代主义的核心却是否定所处的社会，他们的内心与现实是背道而驰的。很显然，批评家在与西方理论的"对接"中发生了严重的"误读"。

徐敬亚对于朦胧诗的推广可以说起到了他者无法替代的作用，他在文章的开篇就说道："我郑重地请诗人和评论家们记住一九八〇年。这一年是我国新诗重要的探索期、艺术上的分化期。"② 由于当时很多资料还未发现，对于朦胧诗以前很长一段

---

① 谢冕序. 姚家华. 朦胧诗论争集 [C]. 北京：学苑出版社，1989：2.
② 徐敬亚. 崛起的诗群——评我国诗歌的现代倾向 [J]. 当代文艺思潮，1983(1)：14.

时期探索性的诗歌创作的研究较少，但"朦胧诗"并不是在二十世纪八十年代初横空出世，只不过是从"地下"走到"地上"而已。早在六十年代末到七十年代中期，就有一批由北京赴河北水乡白洋淀插队的知青构成的诗歌创作群体。主要成员有芒克、多多、根子、方含、林莽等。此外，从精神血缘上讲，他们是朦胧诗的探索者，是先驱，有些则成了后来的主要人物，如芒克，就直接参与了《今天》的创刊与运行，还有更早的先驱者，黄翔和食指等诗人也为朦胧诗的到来提前种下了精神的火种。对于这种特殊而重要的诗歌现象，当时的批评却未有机会予以认真的探索和研究。

所以，徐敬亚"武断"的宣言也遮蔽了其他诗人的光芒，无意或有意地抬高了"朦胧诗人"的地位。他的断裂式的描述夸张了朦胧诗人的英雄气息，也在某种程度上将之"神化"。九十年代以后，随着一大批史料的进一步发掘和发现，人们最终改变了对新诗潮历史的看法，对其庞大的历史谱系渐渐有了比较全面的认识。

"朦胧诗"在 1980 年到 1981 年前后经历了它的高潮时期，1983 年由于被列为"清污"的对象之一，加上诗歌本身内部逻辑的分化，在 1983 年之后，朦胧诗的创作走向低落或转型，北岛、舒婷、顾城等人在 1983 年底以后几乎暂停了创作，而杨炼等则向民族文化探索的方向转型。随着"朦胧诗"被广泛接受，它也逐渐完成了自己的历史使命。短短几年之后，"朦胧诗"在渐渐变为经典的同时，也开始退出历史舞台。在 1984 年"第三代诗"已开始受到关注，1986 年 9 月《深圳青年报》与安徽《诗歌报》联合发起"中国诗坛 1986 现代诗群体大展"，参展的有"非非主义""莽汉主义""南方派""大学生诗派""极端主义""地平线诗歌实验小组""新口语派"等60余家继"朦胧诗"后出现的或自称的新诗歌流派。第三代诗人迫不及待地喊出"Pass 北岛"。在朦胧诗论争中,尽管诗歌批评理论的起点很低,但这枚"探险的风旗"在文学批评史上却是飘扬得最为招摇。

第二节　推动与庇护
——批评技术优势的获得与创作实践

　　二十世纪八十年代前期文学批评之所以争论不休，其原因之一是创作尚未真正完成现代主义的蜕变，而批评也一直拘囿于政治与道德的樊篱中。这种情形直到八十年代中期以后才改变，随着新的知识谱系、现代哲学美学理论成为作家与批评家的认识基础，旧式的政治与道德批评模式才宣告彻底失效，新与旧的观念对立再也无法持续。在这一过程中，批评家通过接受挑战、学习"他者"，通过对"先进技术"的引进，"废除"了旧的批评秩序，推动了文学创作的发展。在先锋小说探索初期，批评表现了迟滞的一面，但最终批评的技术优势又巧妙地保护并延续了先锋文学的发展。

　　一、理解"现代主义"：批评技术优势的初步确立

　　当卢瓦西宣称"有多少现代主义者就有多少现代主义"时，这就呈现了"现代主义"命名的难度。"'现代'主要指的是'新'，

更重要的是，它指的是'求新意志'——基于对传统的彻底批判来进行革新和提高的计划，以及以一种较过去更严格更有效的方式来满足审美需求的雄心。"①"现代主义"在很大程度上是一种精神和姿态，具有反叛性和破坏欲。尤其是西方社会自近代以来，伴随着工业文明的发展，作为个体的人在面临异化和困境中表现出了强烈的危机意识。而对当代中国人来说，"文革"之后经历的痛苦和迷茫的心路历程、强烈的反叛意识，与西方现代主义在表象与形式上很有几分相似之处。因此对中国作家和批评家来说，现代主义的理解和渴望既是一种文学的进步，更是一种社会和文化"进步"的需要。

二十世纪八十年代前期，尽管现实主义历经了再次复归，但批评和创作的困境是不言自明的。对"文革"和极左思想的反思、对"爱情位置"的探索、对人性的吁请，无不遭到强烈的抵触和批评，这一时期，批评应该说明显地滞后于创作，不只关于朦胧诗的讨论是如此，小说领域中也不例外。早在1979到1980年前后，小说家就已试探新的手法，比如王蒙的《布礼》等一系列小说，茹志鹃的《剪辑错了的故事》，宗璞的《我是谁》等小说都不约而同地表现出新的艺术追求，大胆运用了西方现代派和"意识流"手法。王蒙在短时间内连续推出了6篇带有探索性的小说，呈现出借鉴西方意识流的手法的倾向，这给批评界带来了阐释的欲望和难度。从对王蒙褒贬不一的声音中，我们可以勘察出当年批评资源的贫乏。比如陈俊峰在《我失望了——致王蒙》一文中说道："作品的思想应该通过形象的传达，越明朗越好，而不是

---

① 【美】马泰·卡林内斯库；顾爱彬，李瑞华，译，现代性的五副面孔 [M]. 北京：商务印书馆，2002（序言）：2.

越隐晦越好。你过去的作品读后,我立即得出一个明确的思想,现在有点难。就像雾中看花一样,它是那样缥缥缈缈、隐隐约约,令人一下子琢磨不透。"①类似的评论还有很多,比如罗天平的《要创新,但别脱离群众》、王志宇的《曲高和寡对谁弹?——评王蒙的近作》等。当然支持的声音也是很多的,袁良骏说:"王蒙同志在《布礼》《夜的眼》《风筝飘带》《春之声》《海的梦》等作品中,采用了一些西方文坛十分风行的'意识流'手法,着重揭示人物的内心世界,没有什么完整的故事情节,似乎小说随着人物'意识'的流动而展开。"②阎纲也说,"西方的'意识流'小说,迷信直觉,轻蔑理性,偏重人的生理性,忽视人的社会性;王蒙的小说,却有着明晰的画面和深沉的思考,有控诉,有呐喊,有欢呼。"③他似乎是想通过这样的界分,赋予王蒙的探索以合法性,但这也表明批评家对"现代主义"的隔膜和一知半解的状况,同时对西方的知识资源也怀着深深的恐惧感。

　　小说家的情况似乎略好一点,但他们对西方现代主义的借鉴似乎也只是止步于"手法"而已,人物的精神与内心世界仍是一个道德化的空间。《春之声》中的岳之峰通过联想虽然打破了时间和空间的限制,但小说最终指向的是一个典型的传统知识分子的心灵世界。《蝴蝶》中的张老头、张副部长、张思远的变幻也是源于现实的变迁和环境的更迭。王蒙虽然在进行着小说的探索和变革,但最终的落脚点还是社会学价值范畴,只是他把历史和现实、社会生活和个体存在有机地结合在一起了。所以,王蒙被

---

① 陈俊峰. 我失望了——致王蒙 [N]. 北京晚报, 1980-7-17.
② 袁良骏. "失望"为时过早 [N]. 北京晚报, 1980-7-3.
③ 阎纲. 小说出现新写法 [J]. 北京师范学院学报, 1980(4): 29.

李洁非称为"中间性"作家,但这一说法离阎纲的评论相隔了近十年。这也决定了王蒙和马原、残雪等人的差异,在写作理念的本质上的不同。

王蒙之所以成为谈论的重心是因为他开始尝试运用西方文学的某些技巧,但他的意识流又是非常中国化的。即使如此,他还是遭到了一些严厉的批评,这时期的批评落后于创作的探索和发展。很快,一些带有先锋气质的批评家开始阐释现代小说技巧,逐渐为具有现代派色彩的小说提供了理论上的合法性。比如李陀就从读者角度为王蒙开脱,他否决了作家要让所有读者喜欢的倾向,认为"一定的读者群有自己拥护、喜爱的一位作家、几位作家甚至一群作家;反过来,一个作家不管多'棒',也只能拥有一群读者(自然这'群'有大有小)"①。这在1980年还是很冒险的一个说法,这意味着敢于脱离大众,敢于献身自己的文学。这样的评论肯定会让作者感到欣慰,毕竟,西方现代派还是大众的禁区,对于创作的局限和评论的滞后,中国文坛亟须改变这一现状。

1981年,花城出版社出版了《现代小说技术初探》,这是新中国成立以来第一本专论现代小说技巧的小册子,它被称为"好像在空旷寂寞的天空,忽然放上去一只漂漂亮亮的风筝"②,随之引起了旷野上的"骚动与喧哗"。读完《现代小说技术初探》之后,冯骥才给李陀的信——《中国文学需要"现代派"!》、李陀给刘心武的信——《"现代小说"不等于"现代派"》、刘心武给冯骥才的信——《需要冷静地思考》等相继发表并进一步

---

① 李陀. 问号上的句号——谈"读者群"[N]. 北京晚报, 1980-8-18.
② 冯骥才. 中国文学需要"现代派"! [J]. 上海文学, 1982(8): 88.

推动了理论探索。

李陀的"独白"富有激情,更展示了一代批评家的梦想和担当:"至少自新中国成立以来,我们文学界始终没有形成一种分析、研究、探索艺术技巧的风气。"他进一步强调,"一定的形式又是为一定的内容服务的","我们生活在一个伟大的转折时代里,这决定我们的文学必定要有一个很大的发展,要有一个新的文学时期。这个文学时期的光辉,也许将能与唐诗、宋词这样中国文学史上最灿烂的阶段相互映照。那怎么能设想出这样一个新的文学时期会不探索、形成自己所特有的文学形式呢?怎么能设想文学形式在这一时期会不发生重大变革呢?能想象吗?反正我不能。因此,我至今坚持,就艺术探索来说,寻找、发现、创造适合表现我们这个独特而伟大时代的特写内容的文学形式,是我们作家注意力的一个'焦点'。不解决这个任务,我们必定会辜负我们的时代"①。李陀不仅仅是对文学理论有兴趣,而是从建设新的创作和批评格局出发,因为他们要共建一个伟大的时代。这种激情式的宣言正是八十年代文学批评的经典范式。与冯骥才和李陀相比,刘心武面对小册子表现的是冷静,他结合中国现实国情对"现代派"进行了分析。但无一例外,大家对形式的关注呈现出新时期文学批评家和作家的热切期待和焦虑困境,因此,"小说技巧"的引进既是一种"需要",也是一种"策略"。通过批评界对小说技巧的引进,有些作家在创作中开始有意识地运用"意识流"等现代小说的技巧。比如戴厚英在《人啊,人!》的后记中曾说道:"我吸收了'意识流'的某些表现手法,如写

---

① 李陀."现代小说"不等于"现代派"——李陀给刘心武的信[J].上海文学,1982(8):92-94.

人物的感觉、幻想、联想和梦境。我认为这样更接近人的真实的心理状态。"①

《现代小说技巧初探》的出版可谓第一次系统的关于现代主义的"技术性"谈论，因此它对创作的推动意义十分巨大。但这也开创了一个特殊先例——最初理论的介绍和推广常常不是由专门从事批评的学者提出，而是通过作家提出的。寻根文学也是如此，作家的敏锐程度和探索欲望超过了批评家的表现。因此，在八十年代文学批评中，作家群落的批评活动是非常醒目的。这使批评家们不得不更新知识，开始参与规划和设计小说艺术的变革，将对小说技术性的认识作为发言的前提和目的。"小说对内心现实的开拓使得小说的叙述方式变得十分多样和复杂"②。李陀对北京地区的王蒙、张洁、宗璞、陈建功等进行小说创新的作家给予了充分的肯定，并预言："放目我国的小说之林，我们仿佛在一个具有相当规模的、忙碌而紧张的文学实验室中巡回。"③ 的确如此，李陀的预言几乎就是八十年代初期到中期文学批评和创作的历史变革的提纲。

在技巧引进的过程中，很多作家也发表了自己的体悟，比如被认为风俗味很浓的作家汪曾祺、邓有梅等都认可自己受到意识流的影响。汪曾祺说道："比如《大淖记事》里写巧云被奸污后第二天早上的乱糟糟的，断断续续，飘飘忽忽的思想，就是意识流。我在《钓人的孩子》一开头写抗日战争时期昆明大西门外的忙乱纷杂的气氛，用了一系列静态的，只有名词，而无主语、无动词

---

① 戴厚英．《人啊，人！》后记．[A]．何望贤．西方现代派文学问题论争集（下卷）[C]．北京：人民文学出版社，1984：375．
② 李陀．论"各式各样的小说"[J]．十月，1982（6）：241．
③ 李陀．论"各式各样的小说"[J]．十月，1982（6）：239．

的短句，后面才说出'每个人带着他一生的历史和半个月的哀乐在街上走'，这颇有点现代派的味道。"① 邓有梅说："'意识流'之类，我那作品中都能找出来，我可以老实招供，哪个地方用的'意识流'。但是，我自己后来越来越明确了，还是活到民族传统上来，但要吸收外来的东西，不排除外来的东西。"② 他们是较为理性地看待现代派，立场很明确——"把有用的东西拿来"，因为毕竟"中国人即使是搞现代手法的小说，闹到最后怕是还得带点中国气味"③。而且，"现实主义是可以、应该，甚至是必须吸收一点现代派的手法的，为了使现实主义返老还童。"④ 这些谈论表明，从现代派的引进中，作家在西方作品和理论的参照下，更好地认识了自己。

但现在回过头来重新看待他们的话，却似乎可以看出另一种"虚伪"，事实上他们的作品多是最典型的"中国作风"与"中国气派"，是富有最多传统因素与神韵的，他们的知识结构和写作经历表明，他们既无可能、也未必需要借用西方的技术，但他们却乐于承认这种影响关系，这表明，现代主义对于当时的中国作家来说却是一种技术与心理意义上的"优势"，确认它，对于确立自己创作的创新性质至关重要。这次技巧的引进就像一架浮桥，不仅诠释了西方的理论，而且为以后小说的发展打下了坚实的基础。这也是寻根文学和先锋文学崛起的一个前奏。

---

① 汪曾祺. 我是一个中国人 [J]. 首都师范大学学报，1983（3）：8-9.
② 林斤澜，汪曾祺，邓有梅. 关于现阶段的文学 [J]. 当代文艺思潮，1983（1）：51.
③ 林斤澜，汪曾祺，邓有梅. 关于现阶段的文学 [J]. 当代文艺思潮，1983（1）：50.
④ 汪曾祺. 我是一个中国人 [J]. 首都师范大学学报，1983（3）：9.

二、先锋批评和先锋文学的互动

先锋小说和先锋批评之间的关系更具互动的意味,共进退和共荣辱的意味。先锋小说探索初期,先锋批评还处于迟滞的萌芽状态。面对一系列先锋小说的问世和政治意识形态对文学的干预,先锋批评逐渐兴起,并通过专业化的批评庇护了先锋文学。"文学可以不再依靠意识形态存在;它完全有可能以自身的艺术性来获得存在基础。"① 文学开始从更广阔的领域退向"有限"而"正常"的文学世界,先锋批评和先锋文学一样在这点上也经历着"后退"的趋向,然而经过二十世纪八十年代中期知识谱系的全面更新,先锋批评在"向内转"的过程中对先锋小说的专业深化和理论提升,却有力推动了它的兴盛,扩展了它的影响,并使一批作家得以经典化。当然一批先锋批评家也通过这一实践确立了他们自己。

在中国,"先锋"一词较早的出现,主要是对诗歌的一种描述。"早在1981年徐敬亚在他的学年论文《崛起的诗群——评我国诗歌的现代倾向》中就相当自觉地使用了'先锋'一词来描述'朦胧诗'的特征",后来"在1984年,'先锋'一词作为一种方向和旗帜就已出现在诗歌中,这首诗是骆一禾的《先锋》,这里'先锋'之意显然也不是出于对西方现代派诗歌的比附,而是对中国当代诗歌自身使命的体认"②。其实,"先锋"在中国文坛不仅是取其汉语语义,也和法语中的"先锋"有着"同谋"的味道,更多的是代表一种探索精神。"'先锋'在法语中有着悠久的历

---

① 陈晓明. 表意的焦虑——历史祛魅与当代文学变革 [M]. 北京:中央编译出版社,2003:485.

② 张清华. 中国当代先锋文学思潮论 [M]. 南京:江苏文艺出版社,1997:2.

史。作为一个战争术语它可以上溯至中世纪，而至少是早在文艺复兴时期它已经发展出一种比喻意义。"最核心的比喻意义就在于——"表示政治、文学艺术、宗教等方面的一种进步立场"①。从这个意义上来说，1985年前后"新潮小说"和"新潮批评"的崛起都可以看作是一个总的先锋性文学思潮的具体表现。最初，"现代派小说""新潮小说""实验小说"等不同指称都可以纳入这一广义范畴。但这样的说法显然又过度宽泛了，为了确定其特定内涵，本书采用陈晓明对"先锋派"的界定："这个称呼的最低限度的意义是指马原以后出现的那些具有明确创新意识，并且初步形成自己的叙事风格的年轻作者。他们主要有：马原、洪峰、残雪、扎西达娃、苏童、余华、格非、叶兆言、孙甘露、北村等人，他们影响了九十年代更年轻一代的作者。"②

  刘索拉的《你别无选择》和徐星的《无主题变奏》等作品也曾被认为是先锋小说的一支。但真正把"叙述"置于最重要的位置的始作俑者却是1984年的马原。自从1984年马原发表《拉萨河女神》之后，先锋小说的写作才被认为是真正开始。1985年2月，马原在《上海文学》发表《冈底斯的诱惑》；1985年8月，残雪在《人民文学》发表《山上的小屋》。1986年到1987年，马原又陆续发表《错误》《虚构》《大元和他的寓言》《大师》等作品。马原在当时的轰动可以借用余华的表白来说明。"余华先生在辽宁文学院的一次讲课中谈到，他之所以决定来沈阳仅仅

---

  ① 【美】马泰·卡林内斯库；顾爱彬，李瑞华，译，现代性的五副面孔 [M]. 北京：商务印书馆，2002：105.
  ② 陈晓明. 表意的焦虑——历史祛魅与当代文学变革 [M]. 北京：中央编译出版社，2003：79.

是为了向马原表达一种敬意,并不是虚妄的奉承之语。"① 马原在八十年代的意义无异于开启了一扇写作之门,"小说原来可以这么写"的震撼感和解放感让年轻的作家跃跃欲试,紧接着就出现了一批更为前卫的实验者,余华、格非、苏童、孙甘露、叶兆言等。先锋写作在1987年开始成为一种潮流,比如余华的《十八岁出门远行》、格非的《迷舟》、孙甘露的《信使之函》、苏童的《一九三四年的逃亡》等作品在这一年集中问世。

面对这一局面,批评呈现出了迟疑和茫然的反映,一时找不出合适的理论概念对之进行有效的阐释。即使是上海的一些非常受欢迎的新潮批评家也多是从"经验"的意义上对这类作品进行解释,如在吴亮、程德培主编并予以赏谈的《探索小说集》②中对大量新潮小说的评论,也多是笼统的。在北京的批评家中,有试图使用新的概念范畴来对之进行评述者,但也常常有不得要领之嫌。这种判断让人感到批评者仍在外部打转,对作品所承载的敏感的文化信息,以及美学上的追求缺少近距离的关照、理解和审视。这种情形直到1987年后才渐渐改观。

吴亮写过很多关于先锋小说的文章,比如《向先锋派致敬》《真正的先锋一如既往》等,但最有影响力的却是《马原的叙事圈套》,文章中两个文学高手的较量成为一时美谈,从此之后,"叙述圈套"就变成了一个代名词,甚至是一个流行语。此文也成了研究先锋批评和先锋文学绕不过的文章。吴亮说道:"在我的印象里,写小说的马原似乎一直在乐此不疲地寻找他的叙述方

---

① 格非. 塞壬的歌声 [M]. 上海:上海文艺出版社,2001:66.
② 上海文艺出版社编辑部编选. 探索小说集 [M]. 上海:上海文艺出版社,1986.

式，或者说一直在乐此不疲地寻找他的讲故事方式。他实在是一个玩弄叙述圈套的老手，一个小说中偏执的方法论者。"①"叙述"成了讨论马原小说的一个关键角度。尽管吴亮此时尚不清楚结构主义叙事学的理论，但他凭借自己的敏感，创造出了属于他自己的生动准确的批评术语。这种形式批评思路的引进成为此一时期文学批评变革和生发现实效力的关键。从"写什么"到"怎样写"的转移标志着文学创作和批评开始从外部研究转向内部研究，从政治社会转向了文学自身的结构，形式批评的发展也为创作提供了一个更为广阔的视野。直到九十年代，吴亮在回顾先锋文学的时候，依然不断强调，"只有马原才是一个真正的形式主义者。他那篇发表于1984年的《冈底斯诱惑》已经显示了他作为大陆先锋文学的大师所具备的各项才能"②。

先锋文学的写作富有象征意味地转变了这个时代的言说方式，批评家虽然觉醒得稍晚，但也及时在"叙述"中挑战和更新了自己。除了吴亮，李劼对先锋文学的批评也是非常深入的，1987年，他在《上海文学》第3期发表的《试论文学形式的本体意味》；1988年，他在《上海文学》第2期发表的《论小说语言的故事功能》等文章就对先锋文学的结构和语言进行了本体批评。西方对于叙事结构的关注由来已久，亚里士多德在《修辞学》中就讲过："只知道应当讲些什么是不够的，还须知道怎样讲。"③由于"文革"期间的写作内容都是模式化的，更谈不上对形式的追求。所以，面对先锋小说这样的新文本，批评家情不自禁地会

---

① 吴亮. 马原的叙事圈套 [J]. 当代作家评论，1987（3）：45.
② 吴亮. 回顾先锋文学 [J]. 作家，1994（3）：78.
③ 【古希腊】亚里士多德. 修辞学 [M]. 北京：三联书店，1991：147.

产生一种冲动。戴锦华对余华小说的评论，季红真对莫言小说的评论，王晓明对张辛欣、刘索拉和残雪小说的讨论，程德培对小说艺术"叙述"的思考等，都是当代先锋性文学批评萌芽的标志。而此后陈晓明等在九十年代初期相继对余华、苏童、格非、孙甘露、叶兆言等人的先锋小说的理论阐释，则为先锋小说的最终确立找到了更强大的理论背景——"后现代主义"文化与世界观，并因此使之经典化。

陈晓明在二十世纪九十年代初就宣告："1989年，'先锋派'以其转向的姿态完成历史定格。"① 一种仪式的结束往往意味着另一个进程的开始。"'先锋小说'处理那些幻想、暴力、死亡等特殊主题的方式，破除传统小说的文体规范界限、语言的大规模泛滥、在生存态度上反理念而认同不完整性、拒绝超越性等，都显示了后现代主义的典型特征。"② 陈晓明试图通过建构其新的批评理论——后现代主义来延续一种先锋的思想。已如有人评论的，"陈晓明在他的批评文本里，对西方后现代主义进行了批评界迄今为止最痛快的理论操练，并用后现代话语对实验小说进行了批评界迄今为止最深入的批评操作。"③ "理论的演进总是替代性的，一种学说过时，表明时代观念的终结，理论的圆圈只能一次性划下，不可能被第二个人以同样的笔画再划一次。在后的理论总是残酷地排挤先前的学说，正如先前学说总是一直压制刚刚滋长的新观念一样。"④ 虽然之后大量新的理论提供了更多新的阐释的可能性，但并不是意味着过去理论的死亡。陈晓

---

① 陈晓明. 最后的仪式 [J]. 文学评论，1991（5）：135.
② 陈晓明. 最后的仪式 [J]. 文学评论，1991（5）：138.
③ 程文超. 意义的诱惑 [M]. 长春：时代文艺出版社，1993：106.
④ 陈晓明. 拆除深度模式 [J]. 文艺研究，1989（2）：61.

明式的激情飞扬的先锋小说正是八十年代文学批评的内在情绪的延展。

先锋文学在八十年代末出现的大量文本成了二十世纪九十年代文学批评的重要资源与对象，先锋批评的热情持续了很久，并催生了新一代批评家的崛起与权威建立，某种程度上这成了当代文学史上最令人怀念的黄金时代。先锋小说和先锋批评不断地互动，这也从另一方面实践了先锋小说的意义，整体推进了文学变革与小说艺术的革命。李陀在一次被采访时说道："几乎每个月都有非常好的作品出现，每个月都有，那是很难忘的事，作为文学批评者你不可能不亢奋。"[①]那么多优秀作品的问世，不仅让现场的批评家流连忘返，还让后来的批评家激动不已。这就是文学本身的魅力，是它激活了文学批评。反过来，先锋批评又进一步强化了先锋小说创作的自觉意识。

---

① 吴亮，李陀，杨庆祥. 八十年代的先锋文学和先锋批评[J]. 南方文坛，2008（6）：75.

第三节 同步与整合
——观念先行的创作范例

二十世纪八十年代中期发生的"寻根批评"曾是青年作家和批评家的得意之作,他们在第一时间共同推动和引发了"寻根文学"的发生,实践上的同步为文学批评带来某种内在的自信,并促成了观念先行的创作范例。经过此次批评和创作的资源整合,作家和批评家开始从"文化"这个庞杂的层面来进行反思和批判,进而完成了一次有意味的转型。

一、杭州会议:批评活动与观念推动创作潮流的范例

在八十年代文学波澜壮阔不断推陈出新的历史潮流中,批评家一直在探求批评与文学之间的对应关系。正如列维—斯特劳斯在讨论结构主义人类学时对原始思维类型的发生方式的说法,"每创造出一种新关系就在该关系范围内开始了一个再命名的过

程"①，也就是说，一系列的命名就是在创造一种新的关系。批评家和作家为什么选择"寻根文学"来命名？这场运动到底意味着什么？如果说现代主义的路途在"清污"的干预下变得不够明朗，那么，一代青年作家文学梦想和文学焦虑便需要借助新的途径来表达。蔡翔就曾指出，"寻根文学"的后面潜藏着一种焦虑："一种急于摆脱困境的努力，他们急于找到一个新的思想和艺术的支点。"②这个支点就是如何通过"民族文化"的注入使现代主义艺术路上的先锋运动真正合法化。正是在这样的背景下，"寻根文学"在作家和批评家不经意的"合谋"中建构出来，并迅速掀起了一股潮流。这股潮流主要得益于"它与弘扬民族文化的国家意志和引进西方现代主义的文学思潮巧妙地结合在一起"③。

事实上，具有"寻根"意识与倾向的作品早就大量出现了，描写传统文化与风俗的作品最早可上溯到二十世纪八十年代初邓友梅的"京味小说"、陆文夫的"苏南风味小说"、冯骥才的"津味小说"、贾平凹的"商州系列"小说等，都是比较经典的例证。后来成为"寻根文学"的主要批评案例的一些作品也在杭州会议之前问世，比如《棋王》发表于1984年《上海文学》第7期，《远村》发表于1983年《当代》第4期，《沙灶遗风》发表于1983年《北京文学》第5期等。季红真甚至认为文学"寻根"思潮最早可以追溯到汪曾祺1982年2月发表于《新疆文学》上的理论宣言《回到民族传统，回到现实语言》，至于《受戒》《大淖记

---

① 【法】克洛德·列维—斯特劳斯；李幼蒸，译. 野性的思维 [M]. 北京：中国人民大学出版社，2006：219.
② 蔡翔. 追问和怀疑 [J]. 当代作家评论，1993（6）：61.
③ 陈思和，等. 中国当代文学史教程 [M]. 上海：复旦大学出版社，2004：277.

事》等作品则可视为这一理论宣言的实践。①陈思和则将之追溯至王蒙1982—1983年间发表的一组题为《在伊犁》的系列小说，认为其中对新疆各族民风以及历史所持的宽容态度，为以后的"寻根文学"开了先河。②总之，李杭育的"葛川江小说"、郑万隆的"异乡异闻"系列、乌热尔图有关"狩猎文化"的描述等都成了寻根文学的一部分。但它们为什么没有马上得到重视，被批评界所关注？这一方面表明批评界观念的相对迟滞，另一方面也反过来凸显了批评对创作的至为关键的影响作用。

"同谋"缘起于一次会议——"杭州会议"。这次会议是二十世纪八十年代重要会议中的一次，至今仍被人们频频提起。1984年12月，《上海文学》编辑部和浙江文艺出版社召集部分小说家和批评家，韩少功、茹志鹃、李杭育、阿城、周介人、李子云、许子东、陈思和、南帆、李庆西、季红真、吴亮、鲁枢元、南帆、程德培等参加了在杭州举办的这次带有"务虚"性质的会议。"在一部分青年评论家的记忆中，1984年12月的杭州聚会，至今历历在目。这番情形就像一个半大孩子还陶醉在昨日的游戏之中。也许对他们来说，像那样直接参与一场小说革命的机会难得再能碰上了。"③对于文学批评家来说，杭州会议的确是一次弥足珍贵的经历。会议的主题是"新时期文学：回顾与预测"。这种宽泛的议题给与会的小说家、评论家们带来了开阔的思路。会议上并没有什么寻根宣言，而是一群年轻人在进行自由的南北对话，因为多数作家和批评家是来自北京和上海。杭州会议的自

---

① 季红真. 文化"寻根"与当代文学 [J]. 文艺研究，1989（2）：69.
② 陈思和. 当代文学中的文化寻根意识 [J]. 文学评论，1986（6）：25.
③ 李庆西. 寻根：回到事物本身 [J]. 文学评论，1988（4）：14.

由度是会议中少见的。首先，没有媒体的目光，当事者总是或多或少地会因一种"目光的权力"而有所顾忌。再者，参会的多是青年人，陈思和曾说在那次会议上，老一辈的作家和学者很少发言，基本是青年人的天下。会议的"气场"是很重要的，因此，碰撞出"火花"也在情理之中。

就在那次聚会之后，韩少功发表了引起广泛注意的《文学的"根"》一文，提出向民族的深层精神和文化特质方面去"寻根"，认为"文学有根，文学之根应深植于民族传统文化的土壤里，根不深，则叶难茂"①。这篇文章后来被人称为"寻根派宣言"。最早提出"寻根"概念的并不是韩少功，作家李陀在与乌热尔图的通信中曾说："一定的人的思想感情的活动、行为和性格发展的逻辑，无不是一个特定的文化发展形态以及由这个形态所决定的文化心理结构的产物。"②并且，他还表达自己"很想有机会回老家去看看，去'寻根'"③。当韩少功发表了《文学的"根"》后，与之相呼应的文章随之出现，主要有阿城的《文化制约着人类》、郑万隆的《我的根》、李杭育的《理一理我们的"根"》等。这几位小说家也都是杭州会议的当事者。此后"寻根"开始作为一种观念逐渐影响创作，会议结束不久，一系列有寻根倾向的作品集中在 1985 年登台，《棋王》《爸爸爸》《小鲍庄》《远村》《老井》等作品都被批评家总结为"寻根小说"，这一年也便成为当代文学史上甚为红火的"寻根年"。尽管风潮易衰，随着新潮与先锋小说的日益引人注目，"寻根"很快成了过时的

---

① 韩少功. 文学的"根"[J]. 作家，1985（4）：2.
② 李陀. 创作通信[J]. 人民文学，1984（3）：123.
③ 李陀. 创作通信[J]. 人民文学，1984（3）：124.

口号，但对此后创作的影响仍不可低估。莫言在1985年到1986年期间陆续发表的"红高粱系列"、张炜迟至1987年间的《古船》、李锐1986年前后的《厚土》系列等都是寻根运动的余波和标识其创作实绩的作品。

寻根文学的提出，深刻影响了八十年代文学的走向，这一点不只是针对作家个人的创作理念，也影响到了庞大的文学制度的调整。作家郑义在《跨越文化断裂带》中说道："近一二年，写了《远村》《老井》几篇习作。放笔时，自然总有些儿小得意。凉一凉，又深感惭愧：在自己的小说里，似乎觅不到多少文化的气息。"然后，他又为自己制定了一条规则："作品是否文学，主要视作品能否进入民族文化。"① 这种"为文化而文学"的观念相比为"政治"和"时代"而文学，其进步意义不言而喻。需要说明的一点是，在庞大的"寻根文学"谱系之中，只有一部分是以"寻根"观念为参照来进行创作的，很多此前的作品是被批评界"追认"的，而且很多作家也不愿承认这个称呼，这也符合八十年代文学批评中匆忙的后遗症。"八十年代的文学观念主要是被阐释出来的，或者说，正因为有批评的阐释，才真正使文学作品和文学观念进入到所谓的消费过程中。包括寻根文学，其实'寻根'背后的文化理念和意识形态是很复杂的，是有赖于批评界的进一步阐释才能获得接受和认同的。"②

洪子诚在《中国当代文学史》中写道，"在八十年代中后期，小说创作出现了另外一些潮流。它们或者是小说家的自觉发动，

---

① 郑义. 跨越文化断裂带[N]. 文艺报，1985-7-13.
② 洪子诚，等. 新历史语境下的"文学自主性"[J]. 上海文学，2005（4）：10.

或者是批评家对于一种创作倾向的归纳。"① 此后的"先锋小说""新写实""新状态""新生代"等大都如此。在以往的文学史中,批评家所起的作用也许都是滞后性的总结、评述、概括等,而在八十年代的文坛上,批评家对文学潮流的走向确曾起到过重要的作用,尽管在某一时段也误读了某些作品,但他们之间的互动关系在历史上已经真切地发生了。

二、转型:以"文化"名义

文化意识的复苏早在八十年代初期就已初露端倪。1980年,汪曾祺在《北京文学》第10期发表了《受戒》;1983年,陆文夫的小说《美食家》发表于《收获》第1期;1983年,贾平凹的散文《商州初录》发表于《钟山》第5期,这些作品的写作已走出社会学的视野,进而转向风俗文化和市民生活,这也为寻根小说的崛起提供了相应的实践基础。部分作品已经开始从原有的"政治、经济、道德与法"的范畴过渡到"自然、历史、文化与人"的范畴。当然,这些作品的出现还不能说明文化意识的自觉。更早具有文化自觉的理论自觉的是杨炼,他在《传统与我们》中说:"传统,一个永远的现在时,忽视它就等于忽视我们自己,发掘其'内在因素'并使之融合于我们的诗,以我们的创造来丰富传统,从而让诗本身体现出诗的感情和威力,这应成为我们创作和批评的出发点。"② 而且,他们"已经意识到这种光荣"。这已经明确地把民族历史与文化对象作为努力的方向。

---

① 洪子诚. 中国当代文学史[M]. 北京大学出版社,1999:321.
② 杨炼. 传统与我们[J]. 山花,1983(9):74.

在中国，"文化"这个词充满了歧义和偏见，在日常语言中，"文化"是可以拥有的，与他人相比，是存在优势的。今天我们所理解的"文化"是在十九世纪末确立的。"'文明'和'文化'这两个用词最初是日本人用来翻译西方'culture'和'enlightenment'的意思的，后来移植到中国来，渐渐为中国知识分子所认识和运用。"① 尤其在新文化运动中，文化已经变为一种保存、改良、替换的"实体"，或者说是知识分子变形的武器。寻根文学就是从文化——历史的层面切入，试图远离当下的政治生活，因为对"生活"这个概念有太多的误读，"深入生活"在被意识形态化的过程中逐渐变成了批评家本能厌烦的对象。"寻根是想以文化来打破并取代当时的政治意识形态，换一套话语系统，那就是文化。"② 因为"文化制约着人类"，所以，文学应该建立在广泛而深厚的文化土壤之中。阿城认为："文学家若只攀在社会学这棵藤上，其后果可想而知。即使写改革，没有深广的文化背景，也只是头痛写头，痛点转移到脚，写头痛的就不如写脚痛的，文学安在？"③ 从这样的叙述中，可以看出当时作家都已认识到文学的局限，急于走出社会学的阴影。在这样的历史语境中，寻根文学的风起云涌势成必然，因为文化具有极大的包容性，在文化的包容中作家和批评家暂时获得了空前的想象和自由。"文化"是作家和批评家选择的武器，通过它来完成自己对文学和批评的担当。在新的审美对象世界和话语空间中展现作为知识分子的精英意识和启蒙功能。

---

① 杨念群. 空间·记忆·社会转型 [C]. 上海：上海人民出版社，2001：410.
② 李庆西，夏烈. 李庆西访谈录 [J]. 当代作家评论，2006（4）：155.
③ 阿城. 文化制约着人类 [N]. 文艺报，1985-7-6.

然而当寻根文学和寻根批评都把"文化"作为一种标准或时尚来对待时，文化的内涵就会越来越暧昧，也越来越狭隘。王安忆的一番话很值得我们回味："关于文化的问题前一个时期因为我也向他们炫耀过一阵，那确实非常美的，找文化。那个时候如果有一个人说他不要文化，那是一件很丢人的事情，人家是不敢说没有文化的，因为文化很时髦。"①很明显，这番话呈现了八十年代中期文坛普遍存在的崇尚文化的现象。文学创作和批评都在文化这条拥挤的道路上争先恐后地登台，仿佛再造了一个文化启蒙主义的神话。

"寻根文学"的崛起，与国运和文化发展的趋势是相适应的。1985年甘阳曾预言："1985年以来，所谓的'文化'问题已经明显地一跃而成为当代中国的'显学'。从目前的阵阵'中国文化热'和'中西比较风'来看，有理由推测：八十年代中后期，一场关于中国文化的大讨论很可能会蓬勃兴起。"②寻根文学也是文化热推演之下的思想之流。"寻根文学"的出现使文学的流向发生了重要的转折，使文学从关注社会政治转向发现深层文化。相应的，文学观念和审美形式也进行了一系列的革新。部分批评家对这些革新及时给予了肯定，比如陈思和认为"作为一种文学思潮，这些风格迥异的作家之间仍然存在着内在的同一性，这除了表现在他们对传统文化所持的肯定态度以及大致相接近的理解以外，更重要的还是共同的美学追求。在纯洁祖国民族语言、恢复汉文化的意象思维；以及对完善传统文学审美形式的追求上，

---

① 王安忆. 我在逆向中寻找 [J]. 文学自由谈，1986（3）：4.
② 甘阳. 八十年代文化讨论的几个问题 [A]. 八十年代文化意识 [C]. 上海：上海人民出版社，2006：3.

他们都作出了大致相近的努力"①。李庆西也认为"尽管'寻根派'小说家大多从西方现代主义各流派那里获得过心智的启发,但他们并没有简单地袭用西方现代派作家的艺术思维方式,而是试图以注重主体超越的东方艺术精神去重新构建审美(表现的)逻辑关系,确立自己的艺术价值规范"。也就是说,"寻找自我也意味着对文学的主体性的确认"②。作为杭州会议的当事人,陈思和、李庆西、季红真等人都对寻根文学给予了很高的评价。

寻根文学不管是对传统文化风习的展现,还是对现代生活方式的揭示,都以一种深沉的历史眼光和冷峻的批判态度来审视和重塑我们的民族精神。所以,在某些作品中就具有了一种凝重深远的哲理意味和新的审美意象。同时,也有很多批评家对寻根文学及时指出其存在的问题。过多的关注"初民身份"的文化形态和带有问题的心理,作品中的人物有被符号化的危险。"倘若因为'寻根'而把自己的文化视野封闭起来,仅止于某些具体、细微的文化形态,那倒反而成了'文化的尴尬'了。"③不能否认的是,所谓典型的寻根作家韩少功、郑义、阿城、李杭育等对于传统文化的区分都流露出五四以来对于"传统文学"的激进的批判立场,在"规范"与"不规范"之中,他们更倾向于批判以儒家为中心的体制化的传统,而对道家思想和禅宗哲学却不约而同地表达了认同。比如《爸爸爸》中的"丙崽"形象就是传统文化的象征,在这个封闭、凝滞的鸡头寨浓缩了传统文化构成的致命缺陷。再比如,王一生把棋道和人格融为一体,道教在个体身上渐渐复活,

---

① 陈思和. 当代文学中的文化寻根意识 [J]. 文学评论, 1986(6): 31-32.
② 李庆西. 寻根:回到事物本身 [J]. 文学评论, 1988(4): 17.
③ 王东明, 张王飞. 寻根文学:从亢奋到虚脱 [J]. 文艺评论, 1987(3): 53.

传统文化成了拯救自身的凭借，进而扩张为可以获得民族精神自救的能力。这种剑走偏锋式的追寻使得寻根文学与当下火热的生活越来越远，李泽厚对较高艺术水平的寻根作品表示欣赏之后，也指出其不足："为什么一定都要在那少有人迹的林野中，洞穴中，沙漠中而不是在千军万马中，日常世俗中去描写那战斗、那人性、那人生之谜呢？……我希望能多看到反映时代主流或关系到亿万普通人（中国有十亿人，不是小国）的生活、命运的东西。"① 周政保也强调说："无疑，文学的'根'，应该深植于民族文化传统的土壤之中，但作为当代小说，只能以当代生活作为自己的土壤。"② 批评界在当时就意识到寻根文学的局限了，指出其窄化的趋势。批评界的提醒也渐渐让寻根作家们意识到了自己的困境。

寻根文学的文化观念和文化实践为批评带来了新的视阈，寻根作品为批评提供了最有力的文本支持。文学批评中的文化意识在觉醒的同时得到了进一步的强化，寻根小说作为一种文化载体为文化心理批评带来了新气象。"近来对小说民族文化意识的论议，却不是形式之议、方法论之议，而是对文学之'根'的追寻，是在文学之本位上，在文学本体论水平上的论议。这就更深刻、更带根本性、更具文学自觉的整体感。"③ 从这个意义上来看，最初文学批评和寻根文学的确有同构的开始，随后寻根文学达到了短暂的白热化。寻根文学内部开始分化和转型，文学批评却在实践中渐渐成熟。一批中青年批评家在寻根潮流中崛起，同时，他们接通了五四以来新文学的启蒙传统，开拓了文化心理批评的

---

① 李泽厚. 两点祝愿 [N]. 文艺报, 1985-7-27.
② 周政保. 小说创作的新趋势——民族文化意识的强化 [N]. 文艺报, 1985-9-7.
③ 腾云. 小说文化意识的觉醒 [J]. 文艺争鸣, 1986（3）：14.

视野，为重建整个批评格局打下了最坚实的基础。如果没有这些寻根文学的文本，批评的重建肯定还会继续推迟。

当然，文学批评是在寻根思潮中渐渐成长，批评界对寻根文学的迅速反馈与定位也有很多不合理之处。一直到今天，还有一些学者愿意对其指点迷津。"当代文学史中的'寻根文学'原来是一个暧昧不明、漏洞百出的概念，你怎么可以把阿城的《棋王》、韩少功的《爸爸爸》、王安忆的《小鲍庄》放在一起定义和归纳呢？"[①]这不仅说明了当时归类的仓促，也说明了归类的重要。但哪一个文学思潮不是在语焉不详中归类？文学，作为个体的创作，应该是不易类聚的，但为什么在八十年代就可以呢？从伤痕文学、反思文学、改革文学、寻根文学、先锋文学、新写实小说等，批评家在不断地完成总结，而且还有那么多人欣然接受，并且成为书写文学史最基本的材料。八十年代的文学批评总是处于"奔流"的特质之中，在匆忙中简化了文学和历史的复杂性。"'潮'属于一种倾向于制约人的，个体被群体挟裹而去的语境，人在'潮'中，便有几分失去主动。因而，在某种程度上离开了它的初衷，成为一种新的思维定式，一种新的游戏规则。"[②]

最后，不能忽视寻根文学的另一源头：那就是来自"远方的诱惑"，是这个诱惑直接刺激了作家们寻根的冲动和激情，那就是1982年马尔克斯的《百年孤独》获得诺贝尔文学奖。这对一个"崇儒"的民族来说，无疑是一个喜讯。当时《百年孤独》带来的不仅是对文学视野的拓宽，要寻找属于我们自己的叙述方式，更是

---

① 李扬. 重返八十年代：为何重返以及如何重返 [J]. 当代作家评论, 2007（1）：52.

② 程文超. 意义的诱惑 [M]. 长春：时代文艺出版社, 1993：149.

一种对民族自信心的恢复,"打消了文化上隐隐的自卑"。中国批评家和作家在中国文学现代化进程中,在对文化的选择上时常表现出深深的困惑,在论争中出现过明显的分歧,难以确信"魂兮之所在"。封闭还是开放?保持还是超越?都成了一个严肃的问题,因为这涉及对"西方现代"的想象。

"寻根文学"是在"走向世界"的渴望中提出来的,那么,潜在的背景之一就是承认中国和西方之间存在着滞后性,是用西方先进的立场来反思自己,对"现代"的理解在很大程度上是在"想象"中完成的。渴望对话,那么,问题就来了,拿什么来对话?毫无疑问,只有拿自己的传统文化才可以进行对话,如李杭育在反思中所说:"不管我这个民族意识是不是好,我只晓得文学是向往个性、崇尚个性的。从来的文学都把个性看得极重,性命交关。中国的文学总该有点中国的民族意识在里边,这个说法大约是不过分的。倘使我们的文学里没有一点自己的气味,自己的面孔,那我们又何必做人做文呢?我们跑到世界上去,人家问起来,我们算什么人呢?我们的作品算是个什么东西呢?"① 这种带有共鸣性的叙述道出了一个致命的问题,那就是之所以寻找自己民族意识的东西,与要"跑到世界上去"有关,而且也明白"大作家都是他那个民族的精神上的代表"。

当学界遭遇"现代化"进程的挑战后,就开始了传统文化的现代变异。中国批评家在错综复杂的现实面前,必须从封闭的自我中解放出来,走向他者是中国批评重新确立自我的第一步。自己的传统就是从现代民族国家的立场来寻找并建构的,民族性和

---

① 李杭育. "文化"的尴尬 [J]. 文学评论, 1986(2): 52–53.

现代性之间的紧张通过文化策略来缓和，寻根正是历史潮流中的趋向。表面上，它是在寻找自己古老的传统，为民族精神获得自救的能力或者是为修复民族精神提供可靠的根基；但实际上，它又是一种在西方文化参照下的选择，既是对现代性冲击的一种回应，也是对现代性变相的推动。难怪后来吴俊反思说："'寻根文学'的理论还不足以被视为一种成熟的文学（文化）理论。它更多地表达了一种处于文化困扰中的情绪性思想。"①

既然重建中国文学的可行之路是从自己的文化中寻找有生命力的东西，那么，作家和批评家就会被"文化的重建"所激活，年轻的他们为文坛带来了锐气和新鲜感。在他们营建寻根文化的同时，"走向世界"的激情也越来越强烈，因此，在对西方进行想象的同时，也虚构了自己的传统。有的批评家认为："寻根文学是能逐渐发展成为跟世界文学进行交流与对话的，它是能与世界文化发展潮流构成同步的。"②这样的判断似乎为时过早，在西方文化参照下，中国传统文化不可能在短时间内有质的变化。但这种信心的表达却为民族文化的复兴注入了激情，而且马尔克斯的"魔幻现实主义"的成功案例就在眼前。既然中国和拉美国家拥有类似的现实境遇，那么，扎根于传统之后，作家们就可能再现马尔克斯的奇迹。既成权威一代的批评家总是对西方的现代派怀有一些敌意，当然，这种解读也是很普遍的一种心理。但对于年轻的寻根作家和批评家来说，他们认为寻根不是那么简单。吴亮认为："我并不认为这是一个整理国故的学术问题，相反，

---

① 吴俊. 关于"寻根文学"的再思考 [J]. 文艺研究，2005（6）：10.
② 李以建. 寻根文学与民族文化 [J]. 福建论坛，1987（1）：33.

这是一个创造性的想象过程。"①陈思和也认为:"唯有用现代观念重新观照历史的人,才能对自身获得真正的理解,而绝非简单的复古倒退。"②最重要的是,寻根文化应该是从"认识你自己"开始。

对于中国广大知识分子而言,他们都有强烈的民族国家立场,用现代意识来建设新的国家是他们向往的担当,"祖国"还是一种隐形的最高逻辑。尤其是有些年轻的批评家潜在地认为西方文化代表文明,而中国传统文化代表愚昧,那么,传统文化就应该批判,李书磊在《从"寻梦"到"寻根"》一文中就立场鲜明地说道:"我对文学上认同传统文化的寻根思潮非常反感,尤其是在我们民族正艰难而痛苦地进行自我改造的时候。"而且,认为"汪曾祺等人的这种'文化寻根'与我们社会中落后、愚昧的反现代化思潮暗合了,汇入了对抗社会进步的文化逆流之中"③。这种声音也是非常典型的,但忽视了传统文化的流动性和兼容性。对于传统文化的理解,汪曾祺的理解也是很明确的:"我接受了什么影响?道家?中国化了的佛家——禅宗?都很少。比较起来,我还是接受儒家的思想多一些。我不是从道理上,而是从感情上接受儒家思想的。我认为儒家是讲人情的,是一种富于人情味的思想。《论语》里的孔夫子是一个活人。他可以骂人,可以生气着急,赌咒发誓。"④对于年轻的一代来说,更期待寻根文学用现代性的逻辑去批判和反思自己的文化。为文化而文学的寻根文学后来也有些姿态性了,王晓明的《不敢相信和不愿相信的》,

---

① 吴亮. 文学中的文化和文化中的文学 [J]. 作家, 1985 (4): 67.
② 陈思和. 当代文学中的文化寻根意识 [J]. 文学评论, 1986 (6): 26.
③ 李书磊. 从"寻梦"到"寻根" [J]. 当代文艺思潮, 1986 (3): 48-49.
④ 汪曾祺. 我是一个中国人 [J]. 首都师范大学学报, 1983 (3): 8.

就对模式化的写作做了清算。

"我们——作家和批评家——都是从八五新潮中诞生并一直走到现在,它曾公认为是当代中国文学或至少是新时期文学的一个新的起点,离开这个起点,今天所有这一切都是不可设想的。"① 作家和批评家希望借助于寻根来增强文学的文化底蕴和民族色彩,希望以独特的文化品格同世界文学对话。阿城和季红真的看法比较接近,他们都注重对"民族的总体文化背景"的认识。尤为注意中国传统文化——心理构成中的儒、道、释的相互作用。两位南方作家表示了不同看法。韩少功和李杭育提出:"所谓'传统文化',可以区分为规范文化与非规范文化;并且,许多富于生命力的东西恰恰存在于正统的儒家文化圈以外的非规范文化之中。"② 这种对传统文化的界定有"虚构"的因素,但这样的观念却影响了创作,观念的自觉和文化的自觉总是文学进步的表现。

无论是寻根文学,还是寻根批评,都没有完成自己的最终构想。寻根文学的最终结局也没有"回到事物的本身",没有找到想象之中的灿烂之根。然而,它的意义是不言自明的,陈思和认为:"大致上看,文化寻根意识反映了如下三个方面的意义:一、在文学美学意义上对民族文化资料(包括古代文学作品、古代宗教、哲学、历史文献等)的重新认识与阐扬;二、以现代人的感受世界去领略古代文化遗风,诸如考察原始大自然,访问民间风格与传统;三、对当代社会生活中所存在的旧文化因素的挖掘与批判,如对国民性或民族心理深层结构的深入批判等。"③ 文化和审美

---

① 李洁非. 反思八五新潮[N]. 光明日报, 1989-4-11.
② 李庆西. 寻根:回到事物本身[J]. 文学评论, 1988(4):15.
③ 陈思和. 当代文学中的文化寻根意识[J]. 文学评论, 1986(6):27.

的结合是一种较为成熟的阐释。从现代意识来关照民族国家之根，完成从民族逻辑到美学逻辑的转换，这就是从现代民族国家立场出发，然后追寻和想象自己的传统。正因为寻根文学是走在现代国家之路上，因此，对于"现代"的想象和虚构的"传统"必然发生难以调和的冲突，比如《黑骏马》中的白音宝力格和索米娅的悲剧就是传统文化遭受现代文明侵犯的例证；《最后一个渔佬儿》中的福奎终究无法与现代文明和谐相处。寻根作家发现了自己的贫瘠，意识到难以完成光荣的担当，但却从复杂的困境中得到了一种丰富的视角，"最英雄好汉最王八蛋"的叙述对原有文化秩序进行了颠覆和重构，这对于批评和创作来说，都是非常值得庆幸的事件。他们基本完成了一个完美的转身——从社会理性的角度转到感性体验和审美感受，这为文学创作和批评的发展都提供了重要的视角。九十年代以来长篇小说的收获就与这次大规模的"寻根"密切相关，它为"中国式"写作的收获播撒下了种子。

面对一些批评家对"寻根文学"的质疑和否定，笔者想到了南帆曾经的反问："不论作家是否已经找到了'根'，不论作家是否准确地描写了传统文化，对于文学来说，一种新的想象力已经被'寻根'的口号激励起来了——这不是足够了吗？"[①] 这场批评观念和文学创作同步的运动，在一次次不断地整合中逐渐成长，尽管作家和批评家无法兑现自己的承诺，但却为现代文化的重建提供了多元思维和审美空间，并且进一步向着"虚构"的传统转型，随后出现的一系列新历史小说也可以认为是这次想象的派生物。

---

① 南帆. 冲突的文学 [M]. 上海：上海社会科学院出版社，1992：124.

第四节　唤醒与照亮
——话剧批评与话剧创作

八十年代话剧批评和话剧创作之间呈现出互为缠绕的复杂态势，原有批评思维的抑制、话剧自身内部的分化等因素，导致了剧作家无法进一步深化社会问题剧的创作，因而，他们试图向探索话剧转型。探索话剧唤醒了沉闷的批评，新旧批评观念在"戏剧观大讨论"的碰撞中又照亮了探索话剧的道路。

一、批评对话剧的规训：正统与"异端"

在中国，话剧是一种备受关注的艺术形式。在三四十年代，话剧拥有大量的观众，承担着表达社会情绪的功能；到了五十年代，话剧与政治、社会生活的紧密关系得到进一步加强，并建立了不同范围的"会演"制度；"文革"期间，戏剧虽然处于中心地位，但在很大程度上已经成为图解政治概念的工具，出现了全国人民看八个样板戏的悲惨场景。尽管黄佐临提出过"戏剧观"，张庚也主张过"戏曲是剧诗"的学说，但在特殊的历史语境下，这些学说都被压抑。像李健吾这样的批评家只能选取诸如《千万不要忘记》一类的戏剧作为评述对象,很难表达自己的心声;再者,像焦菊隐,作为一个学贯中西的戏剧理论家,既谙熟欧洲话剧艺术,又对中国传统戏曲有很高的造诣,然而他的"话剧民族化"的构想也不可能在六七十年代完成。"文革"结束之后,话剧在经历了漫长的精神苦难之后,同小说、诗歌一起发出了自己的声音,汇聚成精神解放的潮流。最初,话剧在全国起到了先锋作用,以《丹心谱》和《于无声处》为典范,最大限度地张扬了全国人民压抑已久的心声,可谓是"于无声处听惊雷"。后来,又出现了一系列类似的话剧,像《报春花》《未来在召唤》《权与法》《救救她》等,这些反映社会问题的话剧基本是属于"正统"的,与意识形态的节奏基本是一致的。但是文学和戏剧的审美应该在道德意识的疆域之外,唯有如此,才能发现理性之外的人的最深层的东西。

在二十世纪七十年代末八十年代初影响最大最典型的"异端"就是沙叶新的《假如我是真的》了,该剧初刊于《戏剧艺术》1979年第9期,1979年10月在上海上演。主人公李小璋在法庭上说:"我错就错在我是个假的,假如我是真的,那我所做的一切就都会是合法的。"这其中蕴含着丰富的讽刺意味,是对社会特权阶层的图景呈现。

《假如我是真的》的诞生伴随着激烈的论争,甚至成了引人注目的"公共事件",最终,该话剧在1981年被要求停止演出。一次重要的会议成了一个转折点,正如沙叶新所说:"今年的话剧剧目之所以与现实生活的距离远了、干预生活的味道淡了,我以为和今年年初在北京举行的剧本创作座谈会不无关系。"①这次会议是指 1980 年 1 月 23 日至 2 月 13 日由中国戏剧家协会、中国作家协会和中国电影家协会在京联合召开的剧本创作座谈会。该会对电影文学剧本《在社会的档案里》《女贼》，话剧《假如我是真的》等作品展开了讨论。

曲六乙在这些"异端"遭到非议的时候，坚持认为这三部作品是"真善美的结晶"，并对真实性进行了较为到位的分析，认为"在作品中如果过分追求某些细节的真实性，甚至把生活真实与艺术真实混同起来，那么，在真、善、美之间就会失掉和谐与平衡"②。在当时的历史语境下曲六乙的分析已经是勇闯禁区了，但批评的标准和话语还是社会学批评，认为"从整个作品的倾向来看，它所体现出来的讽刺美，还是能给人以鼓舞和力量的"③。《假如我是真的》在当时使得整个文坛风起云涌，批评的声音和支持的声音相互辉映，从这个层面上来看，最初是话剧的创作激活了批评观念的论争和反思。但论争的过程中却过多地被"科学的标准"所干扰，对于关键的会议——剧本创作座谈会，有着不同的评价，周扬认为它"开创了一个领导人员、作家、评论家在一起自由地、平等地、同志式地讨论文艺问题的新风气"④。而沙叶新认为："这次在北京举行的剧本创作座谈会，是在'四人帮'倒台后既开了自由讨论的先河，也开了变相禁戏的先例！"并呼吁"不要人为地为将来制造又一批'重放的鲜花'"⑤。随后，

---

① 沙叶新. 扯"淡"[J]. 文艺报，1980（10）：25.
② 曲六乙. 艺术是真善美的结晶[J]. 文艺报，1980（4）：50.
③ 曲六乙. 艺术是真善美的结晶[J]. 文艺报，1980（4）：53.
④ 周扬. 按照人民的意志和艺术科学的标准来评奖作品[J]. 文艺报，1981（12）：8.
⑤ 沙叶新. 扯"淡"[J]. 文艺报，1980（10）：26.

荒煤的《并非闲话，而是期望》、凤子的《也扯〈扯"淡"〉》对会议进行了相应的解释。荒煤认为文艺批评并不是"一强调作品的社会效果，就叫作变相的棍子，甚至成了'变相禁戏'的理论根据"，要"互相支持，互相谅解"①。但无论如何，这次会议不仅对于话剧，对于整个文坛来说，都是一种警示。毕竟，"板凳当柴烧，桌子就害怕"。

这些带有讽刺和具有灰暗色彩的问题话剧基本开始淡出，因为剧作家在规范的引导下已经很难创作出更好的问题剧。再者，这些话剧的盛行与当时的社会现实密切相关，真正具有成熟的艺术魅力的作品还是很少。谭霈生对于"问题剧"的批评点到问题剧创作的要害，他指出："'问题'不过是一种观念，作为一件艺术作品，剧本所揭示的'问题'，除了'问题'本身原来就存在的深刻性（如这个问题的提出有现实意义、普遍意义、有长久性的教育意义等）之外，还应该而且必须具有艺术的深刻性。"②话剧创作在很大程度上激活了批评的动态，在支持和抑制的摇摆中，话剧的创作不得不受到某种规训。一种对于社会问题进行深度反思和批判的话剧迅速减少，加上对"正统"的疲乏，话剧创作和批评都面临着重新寻找出路的问题，开始反思自身的处境，试图回归戏剧本身。在二十世纪八十年代初期，话剧创作又出现了一系列新的探索话剧，比如马中骏、贾鸿源在1980年发表于《剧本》第6期的《屋外有热流》；李龙云在1981年发表于《剧本》第5期的《小井胡同》；白峰溪在1981年发表于《十月》第4期的《明月初照人》；马中骏、贾鸿源在1981年发表于《剧

---

① 陈荒煤. 并非闲话，而是期望 [J]. 文艺报，1980（12）：23.
② 谭霈生. 社会问题与艺术形象 [J]. 文艺报，1982（9）：37.

本》第 10 期的《路》；赵寰在 1983 年发表于《剧本》第 2 期的《马克思流亡伦敦》等。这一系列的探索话剧引领了话剧批评中动荡的气息，最初批评的标准还是围绕"缺德"和"真实性"等问题展开，以《屋外有热流》为例，像黄维钧是肯定该剧作的，但他所肯定的缘由还是"形式为内容服务"的理念，认为"这个戏题材有重大现实意义，它所采用的形式与手法是为内容服务的，而且效果也是好的，应该得到鼓励和支持"①。还有像剧本《爱，在我们心里》，当时被定位为"一部有错误倾向的作品"，认为该剧"同社会主义精神文明自然是格格不入的"②。因为当时的方向标就是党的方针和政策，"搞好戏剧评论工作的关键是加强和改善党对评论工作的领导。评论家应自觉接受党的领导，在思想上、政治上和党中央保持一致，用十二大精神指导自己的工作"③。但随着新剧本的不断问世，有一些批评者已经开始从深层次上来解读作品，从艺术角度来解读作品。创作和批评之间的相互回应和缠绕恰好是八十年代初期话剧批评与创作之间关系的呈现。

话剧批评在八十年代最引人注目的就应该是"戏剧观大讨论"，这是话剧批评在理论上进行深度反思和整合的重要环节。新的探索话剧开始从艺术的角度来探索话剧本身，反抗已经成规的话剧模式，因此，话剧创作和批评都需要在观念和形式上做出一次新的选择，于是戏剧界爆发了一场有关"戏剧观"的论争。

---

① 黄维钧. 评《屋外有热流》[J]. 人民戏剧，1980（7）：13.
② 晓吟. 《爱，在我们心里》是有错误倾向的作品[J]. 戏剧报，1983（2）：17.
③ 本刊记者. 中国剧协召开全国戏剧评论期刊工作会议[J]. 中国戏剧，1983（1）：9.

与此同时，小说界在争论"现代派"，诗歌界在讨论"朦胧诗"，归根结底，一切论争的意义都在于渴望"重生"。

二、"戏剧观大讨论"与话剧创作

（一）重提"戏剧观"

"戏剧观"一词是著名导演黄佐临于 1962 年在"广州会议"上首次提出的。由于受到当时环境的影响，这一提法并没有引起广泛的关注和讨论。经过 20 多年的沉潜，这个极其重要的问题再一次进入人们的视野，并引起了一场风起云涌的大讨论。参与这次讨论的人员磅礴冗杂，数量之多，范围之广，都令人叹为观止。几乎重要的戏剧刊物都开设了"戏剧观大讨论"这个栏目，比如，《戏剧艺术》在 1983 年第 1 期开始设立"戏剧观讨论"栏目；《戏剧学习》在 1985 年第 3 期开辟"戏剧观问题讨论特辑"；在 1986 年《戏剧学习》改为《戏剧》后，依然采用"戏剧观讨论"栏目；《戏剧报》在 1985 年第 1 期也开设"关于戏剧观念问题的讨论"。当然，戏剧观大讨论栏目的开展与"戏曲艺术必须'推陈出新'"专栏（《文艺报》1984 年第 5 期）及"话剧面临危机吗？"（《文艺报》1985 年第 1 期）的讨论几乎是同步的，大家各抒己见，为戏剧的发展施以良方。

"戏剧观"再次浮出水面的原因很多，其中社会大环境为它的讨论提供了契机和土壤。"文革"之后，中国剧坛迎来的是一个相对开放的局面，尽管受到一些干扰，但毕竟话剧艺术渐渐从完全为意识形态服务开始向自身回归。与此同时，西方大量的戏剧理论源源不断地涌入中国，拓宽了中国戏剧的视野。比如，《戏剧艺术》在1982年就开设"现代外国戏剧导演表演理论介绍"栏目,施咸荣等在1980年就翻译过《荒诞派戏剧集》,再加上《推销员之死》的上演,这一切都直接或间接刺激并推动了中国话剧的变革。对于话剧来说,时代既为它提供了机遇,同时也让它遇到了前所未有的挑战,那就是电影的繁荣和电视的崛起,这也是促使戏剧变革的诱因之一。在黑格尔的时代,戏剧是一种能够满足各种感知的需求,可以创造出"引人入胜"的情境。在八十年代,黑格尔的戏剧时代已渐渐成为往昔的盛宴。尽管电影被戏称为"罐头戏剧"(斯戴芬·约瑟夫语),但它还是处于绝对的强势地位,无数个拷贝立刻辐射到全国的各个角落,话剧虽然有其无与伦比的剧场性和生动性,但注定属于小范围内的人群。

除了"外面世界"因素的干扰,中国话剧对自身的理解也存在很多问题。因为几十年来,中国话剧从剧本创作和演出形式主要是恪守易卜生社会问题剧的传统,受到镜框式舞台与三面墙的限制,缺乏深刻的哲理和诗意。在二十世纪七十年代末和八十年代初戏剧舞台上出现了实验戏剧,比如,以《屋外有热流》为例,它运用一个象征的意象,热流与寒流的交替与人物心理活动交相呼应。在这里,时间和空间可以自由转换,现实和梦幻流畅地衔接。这些尝试都呈现出对以往戏剧观的挑战姿态,为戏剧观的讨论提供了具体的剧本。毫无疑问,是这些探索话剧引起了话剧创作者和批评者对固有观念的质疑,意识到了话剧自身的陈规和惰性。在戏剧观念的讨论和嬗变中,话剧批评和话剧创作都涌动出一种生机,它的不稳定性,却从另一种意义上增加了它的生长性。

戏剧观的提出主要是针对话剧这个领域的。黄佐临在广州会议的发言稿上还有一个附注:关于"戏剧观"一词,辞典中是没有的，外文戏剧学中也找不到，是我本人杜撰的。有人认为应改作"舞台观"更确切些，事实不然，因为它不仅指舞台演出手法，而是指对整个戏剧艺术的看法，包括编剧法在内。①他通过分析斯坦尼斯拉夫斯基戏剧观、梅兰芳的戏剧观和布莱希特的戏剧观，"目的是想找出他们的共同点和根本差别，探索一下三者之间的相互影响，相互借鉴，推陈出新的作用，以便打开我们目前话剧创作只认定一种戏剧观的狭隘局面"②。黄佐临在二十世纪六十年代初能够提出这样的观点的确是非常有眼光的，近几十年来，中国话剧一直受制于写实戏剧的规范，形式和手法都已陈旧。如果再不敢越雷池半步，话剧的危机指日可待，因为话剧在中国原本就是先天不足，没想到后天又失调。黄佐临认为有两种戏剧观："造成生活幻觉的戏剧观和破除生活幻觉的戏剧观；或者说，写实的戏剧观和写意的戏剧观；还有就是，写实和写意混合的戏剧观。"③他在上海人民艺术剧院排演《胆大妈妈和她的孩子们》前的讲话中也曾经提及："布莱希特所采用的名词——Verfremdungseffekte，在我国有几种翻译，如'间离效果''离情作用''陌生化效果'等。其实如果我们将它译成'破除生活幻觉的技巧'可能比较直截了当，容易理解，至少它能明确问题。"随后他又分析道："布氏虽然反对把舞台布置成催眠阵地，但仍需要非幻觉地造成真的生活，而这正是一个最基本的原则。"④

---

① 黄佐临. 漫谈"戏剧观" [A]//杜清源编. 戏剧观争鸣集. 北京: 中国戏剧出版社, 1986: 18.
② 黄佐临. 漫谈"戏剧观" [A]//杜清源编. 戏剧观争鸣集. 北京: 中国戏剧出版社, 1986: 4.
③ 黄佐临. 漫谈"戏剧观" [A]//杜清源编. 戏剧观争鸣集. 北京: 中国戏剧出版社, 1986: 14.
④ 黄佐临. 导演的话 [M]. 上海: 上海文艺出版社, 1979: 136-138.

从这段话中可知中间有着自相矛盾的地方，布氏在舞台上要造成真的生活，注定需要幻觉的参与。再者，"破除生活幻觉"也是黄佐临为了说明问题而采用的一个富有权宜之计意味的词。

毫无疑问，黄佐临对于戏剧观的定义以及划分是一种感性的定位，具有一定的随意性和模糊性，对其具体的内涵也有些语焉不详。当然，"写意戏剧观"的诞生也是有着前前后后的故事，黄佐临说由于"受了圣丹尼影响，加上1936年读到布莱希特在莫斯科看了梅兰芳表演后所写的那篇文章，我的'写意戏剧观'便油然而生了"①。可见，在一种开放和综合的视野下，黄佐临试图完成一种中西融合的戏剧观。他之所以提出写意戏剧观不仅是想引用布氏的理念来激活沉闷的剧坛，更希望从事话剧的创作者和编排者能够意识到自己民族戏曲的精华和优势，并且加以学习。

在二十世纪八十年代初期"戏剧观"的重提也意味着话剧创作和批评同时在自省，一种理念的讨论就代表着最深层次的反思。虽然是话剧创作激活了批评的繁荣，但这种较为彻底的话剧观念的探讨迅速回应并照亮了话剧创作的发展。最初讨论的范围主要集中于对"戏剧观"定义的不同理解，还有关于写实和写意的分歧以及"假定性"等具体问题；后来讨论的范围远远超出了最初的定义，开始从美学、心理学、观众和民族文化等角度来切入论争的话题。关于戏剧观，有各种各样的定义。比如，丁扬忠认为："戏剧观是戏剧家对戏剧作为一种艺术形式的总体看法，包括戏剧家的哲学、美学思想，对戏剧社会功能的认识，所恪守的艺术方法、

---

① 黄佐临. 我的"写意戏剧观"诞生前前后后 [J]. 中国戏剧，1991（7）：51.

原则等许多复杂内容。戏剧观有鲜明的时代特色，它是时代的产物，是戏剧家和观众美学思想交互作用的结果。"① 为了说明不同时期的戏剧观和戏剧形式与时代的密切关系，他还在文中简要地介绍了欧洲四个重要时期有代表性的戏剧家，来强调戏剧观的时代性。

陈恭敏作为上海地区发言人的代表，写过《当代戏剧观念的新变化》一文，认为戏剧观有四大变化，第一个变化是从诉诸情感向诉诸理智的转化；第二个变化，从重情节向重情绪的转化；第三个变化就是从规则向不规则转化；第四个变化就是外缘模糊。② 很快，这种观点就得到了北京谭霈生的质疑，对陈恭敏在《关于"戏剧观念的新变化"之我见》一文中提出的四个变化进行辩驳，并指出其观点存在的问题。在另一篇文章中也提及了关于"规则"的问题，"把对'戏剧规律'的研究看作是归纳'套数'。制造'规则'，这本身就是天大的误会！"③ 当然，谭霈生的观点也是一家之言，有其自己的真知灼见，也有自己的漏洞。因此，有人又接着呼应谭文，认为"何必非此即彼"④。

马也在这次讨论中是一个醒目的参与者，他对黄佐临的戏剧观一直持有自己的意见，"对迷途的新理论的批判"是他的战斗立场，他认为新理论只是在"形式和手法"上做文章，只能"使危机中的戏剧病上加病"，"本来理论自身应该是具有严密性、科学性、概括性、逻辑性、有序性、客观性，但新理论具有的，却恰恰是它所弘扬的那些戏剧的特点：松散、淡化、无因果、无

---

① 丁扬忠. 谈戏剧观的突破 [J]. 戏剧报，1983（3）：22.
② 陈恭敏. 当代戏剧观的新变化 [J]. 戏剧艺术，1985（3）：11–14.
③ 谭霈生. 戏剧观念与戏剧规律 [J]. 戏剧，1986（1）：5.
④ 赵家捷. 应当如何看待新的观念 [J]. 剧艺百家，1986（3）：9.

逻辑、非理性、无序性、随意性"。①马也在另一篇文章中说道："我们的戏剧观在某种意义上说，不是需要'更新'，而是要'回复'，回复到贺拉斯或者莎士比亚，当然最好是回到马克思。"②杜清源对其进行了批评，认为："这种分成两个档次的回复标准，因其自身尺度的混沌，使人无所适从。但我总觉得这不像在探讨艺术，且疑心有人总以为成千上万的戏剧实践偏离了大方向，需要由他出来纠偏，或生造出一个'马克思戏剧观'来。"③其实，马也在强调"回复"的总结是"最好是回到马克思"。当然，马克思还是昔日话语中最保险的运用，这些回合的呼应正反映出"文革"之后时代的微妙心态。其实，对某种戏剧观的过分偏爱和过度抵制都是一种不成熟的戏剧观，但多数理论家和观众都无法超越自己所处的时代环境，思维上的二元对立的后遗症在很多方面会不时闪现，所以，一些过激言辞也属于"人之常情"。尽管有很多人试图对这场论争作出一个实质性的总结，但也有一些属于无疾而终。

并不是说布莱希特的戏剧理论是一个完美体系，它也存在自己的缺憾。只不过易卜生的剧作法和斯坦尼斯拉夫斯基的表演样式几乎垄断了整个剧台，话剧只能在这种模式下艰难地喘息。高行健就曾尖锐地指出："非此两家，话剧便仿佛不成其为话剧。"④因此，对话剧来说，除了创新，别无选择。尤其是"文革"后，中国人民极度需要理性的反思，不愿盲目被动地接受，而布莱希

---

① 马也. 理论的迷途与戏剧的危机——对当代中国话剧的思考 [J]. 戏剧，1986（1）：28.
② 马也. 话剧何以缺少旷世之作 [J]. 戏剧报，1985（3）：22.
③ 林克欢. 戏剧的回归与理论的作为 [J]. 戏剧，1986（1）：13-14.
④ 高行健. 论戏剧观 [J]. 戏剧界，1983（1）：27.

特的理论恰恰是唤醒这种反思意识,也就是说,他的理论恰好契合了中国的国情和剧情。当然,现实主义话剧并不是封闭式的话剧,它也运用过象征、幻想等艺术手段,只不过真实生活的比例高一些而已。中国经典的话剧还是首推一些现实主义之作,比如《茶馆》《小井胡同》《天下第一楼》等剧作,这些剧作不仅生活气息浓郁,而且文化底蕴也很厚重。

话剧的发展一直处在现代化和民族化的纠缠之中,特别是在历史关键时刻的临界点上,表现得更为明显。许多艺术家和理论家试图在现代化和民族化之间建构起一架浮桥,尤其是一些非常有才华的中青年为此做出了很大的努力。杜清源曾呼吁《请关注他们》,肯定了中青年剧作家"对我国的话剧事业起着承前启后、继往开来的历史作用"①。在"你方唱罢我登场"的二十世纪八十年代,整个中国话剧界处于一种"动荡"的局面,创新的冲动和寻找的激情贯穿了整个八十年代,因此,对一些人来说,民族化和现代化始终是一个尖锐的问题。比如,胡伟民认为:"话剧艺术进一步发展的关键,主要不是什么'民族化',而是在于能否'现代化'。"②从对话剧民族化的探讨一直延伸到了中国戏曲的民族化,蓝纪先认为"戏曲艺术的活力在于对本体和传统的超越",③而曲六乙对此进行了回应,认为"'反传统'不可能有真正的超越",因为"传统就是历史,传统就是过程,就是紧密联系时空的历史链条。传统具有相对稳定性和绝对变异性的

---

① 杜清源. 请关注他们 [J]. 文艺报,1984(9):11.
② 胡伟民. 话剧要发展,必须现代化 [J]. 人民戏剧,1982(2):29.
③ 蓝纪先. 戏曲艺术的活力在于对本体和传统的超越 [J]. 剧本,1986(12):89.

基本特质"①。或许，问题的差异出现在对传统作了不同的理解和阐释。

廖全京对于戏剧文化的认识是相对深刻的，他认为："中国当代戏剧发展所面临的理论和实践问题，就不仅仅是一个拓展戏剧观念的问题，而是一个对于戏剧文化的总体把握。"② 他从一个宏观的角度来阐释戏剧是中国的一种文化形态，在立足戏剧本身的前提下，要超越戏剧本体论，进入对于这一文化形态的综合认识。其实，民族化和现代化之间的冲突就是对文化的一种理解，不同的文化立场决定了对"民"还是"现"的选择。比如，现代化的布莱希特经常让人物暂时跳出角色，对剧中的人和事进行客观评述，激活观众理性的思考。比如在《三角钱歌剧》《四川好人》等剧中都存在着这个独特的叙述者。然而，我们会发现这种西方的叙述方式并不陌生，甚至可能就是我们"自报家门"的变形。这些现实在提醒我们，中国话剧真正的民族化的重要性，而不是盲目的以西方戏剧理论作为参照物。也就是说，话剧除了创新，还要回归，回归就是指话剧应该向中国传统戏曲学习，要学会"东张西望"。

对戏剧观的理解和定位直接影响到对剧作的评价，我觉得可以从反面来印证这个问题。比如，何西来有一篇评论《街上流行红裙子》的文章，他是从肯定的角度来分析该剧的，也稍微提及了剧作的缺陷。他说："戏剧冲突的中心线索不够坚强有力，当时戏显得散，一纲举而令目张的艺术效应稍嫌不足；结构的严密、和谐、均衡、整一，都还有较大的改进余地；象征性的暗喻也显

---

① 曲六一. "反传统"不可能有真正的超越 [J]. 剧本，1987（3）：26.
② 廖全京. 当代戏剧的当代意识 [J]. 戏剧，1986（3）：8.

得多了点,等等。"① 为什么要有"一纲举而令目张"的效果呢?这恰好反映出一个评论家是根据自己所认可的戏剧观对剧作进行评价。再比如,何闻在观看《车站》后认为剧中的"沉默的人"却是一个走"自己的路"的孤独的个人主义者。《车站》的产生不是偶然的,它是当前某种错误的社会思潮在文艺创作上的反映。② 可见,戏剧观念的开放对戏剧的创作有明显的推动作用。

(二)激活之后的照亮

戏剧观的讨论是话剧批评的一场盛宴,呈现出话剧探索生机勃勃的一面。话剧批评对创作提供了一个较之先前更广阔的参照系,一群戏剧作家和戏剧理论家的声音也得到了回应和远扬,这场讨论的重要意义就在于对戏剧版图的重建起到了理论的支撑作用,因为它有效地打开了戏剧观念的思维和视野。更重要的是,它直接或间接地为新时期探索话剧的发展提供了现实场景和理论资源,照亮了话剧发展的道路。从《于无声处》这只新燕从南方飞来之后,探索戏剧的发展达到了一个高潮,《绝对信号》《车站》《野人》《一个死者对生者的访问》《WM(我们)》《魔方》等开始登上话剧舞台。表面上看,是这些探索戏剧打破了传统戏剧观的表现形态,而内在的本质却是有不同的戏剧观念便会产生不同类型的戏剧。

长期以来,中国话剧一直受到"三一律,四堵墙"的制约,话剧中的张力和弹性在模式化的戏剧观念中日渐萎靡。如果一种艺术有了一以贯之的程式,那么就会见不出性情,匠气十足。戏

---

① 何西来. 他们追求更美好的人生 [J]. 作品与争鸣, 1984 (10): 25.
② 何闻. 话剧《车站》观后 [J]. 文艺报, 1984 (3): 25.

剧观念的因袭性和重复性是对戏剧艺术生命的摧残和压制，要想改变一种固有的观念，那就应该从思维方式入手，只有观念的变化才会引起戏剧思维的变化。杜清源认为我们所需要的戏剧思维"从哲学的角度来说，应该是辩证的、发展的；从戏剧本性、方法、风格来说，应该是开放的，多元化的"①。经过戏剧观大讨论之后，话剧的批评明显转型，不再围绕着典型性、真实性及"歌德"与"缺德"等进行论争，而是主要从艺术手段、美学原则等话剧本身的问题来争鸣。

毋庸置疑，这样的争鸣使剧坛进入一种"多元互动"状态。原来那种非此即彼的批评方式和戏剧理念渐渐消失，那种被一棍打死的剧本也开始有了自己的声音。《文艺报》对探索话剧给予某种肯定，"中国戏剧文学会邀请剧作家和评论家就近几年来九个有争议的话剧《马克思流亡伦敦》《马克思秘史》《小井胡同》《绝对信号》《车站》《明月初照人》《风雨故人来》《红白喜事》《街上流行红裙子》展开讨论。……但有一点认识是共同的，既不要随意将有争议的作品当成有问题的作品加以冷冻、暂停、列入另册，不许宣传，不许参加评价，不许参加调演……"②针锋相对之后，不再是冷眉横对，这不是一种妥协，而是一种必要的宽容。这些基本的"常识"非常有助于话剧多元格局的形成，因为"观念的更新，开拓精神和独创性的探索，是当代'旷世之作'产生的可靠途径"③。这种处理方式也意味着对立思维的逐渐退场，一种宽容的"气场"得以艰难诞生。

---

① 杜清源. 戏剧思维辨识 [J]. 戏剧艺术，1985（4）：29.
② 萱娟. 关于九个有争议话剧的讨论 [N]. 文艺报，1985-7-6.
③ 杜清源. 戏剧观念漫议 [J]. 戏剧学习，1985（3）：29.

经过这次轰轰烈烈的讨论之后，戏剧观念的多元引发了戏剧美学的自觉，戏剧创作不再拘泥于"再现生活"的美学准则，而是更多地采用"表现"的原则，或者是在"再现"的基础上融进"表现"的元素。《一个死者对生者的访问》采用交融的美学原则，死者和生者同时在舞台上出现并进行"访问"，由此戏剧美学方面形成了一股别样的"热流"，出现了夸张、荒诞、象征、隐喻等艺术表现方式。在《野人》中，林兆华采用音乐、舞蹈、形体造型等手段来丰富戏剧的舞台，力图将民族戏剧的表现形式与当代的戏剧观念糅合在一起，完成了形式和内容在更高层次上的统一，在一定程度上满足了多种审美的需要。当然，审美的革新与人的主体性的确认密切相关，因为戏剧创作主体不再是一个个概念化的符号，也不是政治的代言人，而是急切地要求表达自己对生活的理解和感受。因此，中国剧坛上出现了一批富有才华的中青年艺术家，年轻的他们愿意尝试各种各样的艺术表达方式，在寻找中探索自己的艺术之路。同样，"审美鉴赏的过程是一个发现与建构自我的心理过程，是一种位于主体自己身上的直接的价值感觉，一种自我感情的重塑、运动的过程"①。只有感同身受，才会心荡神摇。探索之中，他们在民族传统审美意识和现代审美意识之间构建起一架浮桥。"戏剧审美应该有多种感官通达内层精神，但内层精神并不以一种单一的逻辑方式离析出来，而是沉淀在多样性的外层感知之中。戏剧审美由感知出发而连接其他各种心理机制，但是，出现在审美前沿的始终是感知因素。"②很显然，努力挖掘人物心理、感情的审美内涵应是当代戏剧的当

---

① 朱栋麟，王文英. 戏剧美学 [M]. 南京：江苏文艺出版社，1991：4.
② 余秋雨. 观众心理学 [M]. 上海：上海教育出版社，2005：87.

代意识在审美上的一个重要特征。无论是写实的戏剧,还是写意的戏剧,都是为了更好地完成对于人生的把握和表现。

这次戏剧观大讨论是中国戏剧美学思想解放的契机,它拓宽了话剧艺术对生活的再现能力,也扩展了审美空间,并开始关注不同层次主体的审美需求。后来,在全国兴起了研究戏剧美学的热潮,1986年的珠海会议和1988年的沈阳会议都属于全国性的戏剧美学问题的讨论会。戏剧美学蜕变的表现之一就是戏剧不仅以情节吸引观众,除了以情动人,还应从更高的哲理性境界来激动观众。每一种戏剧体系都有自己的美学标准,他们都有无可替代的魅力,各有千秋,互为补充。比如,孙惠柱在《三大戏剧体系审美理想新探》一文中曾经对三大戏剧体系有个分析,"在斯氏体系中,内部、外部动作是统一的,特别着意于真;在布氏体系中,内部、外部动作有意间离开来,要以演员理智的表演引起观众理智的思考,特别着意于善;梅氏体系无意中也造成内部、外部动作的不一致,则主要是着意于美。"① 也就是说,戏剧美学的存在姿态是多姿多彩的。不能忽视的是,"这种急切的'美学革命'背后,隐含着的则是中国前卫艺术家们对于现代化的迫切追求和焦灼之感。"②

对于观众的研究也涉及戏剧接受美学的问题。《海鸥》的死而复活证明了观众的力量,当斯坦尼斯拉夫斯基在黑暗中咀嚼着死一般寂静的闭幕时,他以为《海鸥》再次面临失败,然而却听到了雷鸣般的掌声。戏剧在八十年代之前,扮演了太多指点江山的角色,忽略了观众的接受心理,没有赋予观众作为主体的审美

---

① 孙惠柱. 三大戏剧体系审美理想新探 [J]. 戏剧艺术,1982(1):90.
② 张健,林蕾. 先锋戏剧:对谁说话 [J]. 北京师范大学学报,2001(1):87.

权利。随着主体意识的确立,这个作为观众的群体越发爆发出自己的创造性和主动性,不再是被动地接受,而是直接参与了新时期整个社会文化的建构,因为审美期待既是属于个人的,与个人的气质、兴趣、经验密切相关;也是属于民族的,一个民族的文化已经深深地积淀在了个人的生命中。

话剧观念的探讨直接刺激了话剧的创新,剧作家和导演们在模仿、寻找和开创中延伸自己的空间,不仅借鉴布氏的戏剧体系,还广泛借鉴心理分析、象征、隐喻等表现手法,比如《狗儿爷涅槃》就是以心理结构为线索,狗儿爷的回忆铺陈了戏剧的叙述,情节的淡化就是为了增强对人物内心的挖掘。再比如,《绝对信号》,就是情感和理性交融的典范,也是写实和写意并存的话剧,剧中的"虚"和"实"得到了有机的结合。除了布莱希特,梅耶荷德、斯坦尼斯拉夫斯基、阿尔托等人的戏剧理论在中国也是影响很大的。黄佐临、沙叶新等导演都曾在剧作中尝试布氏戏剧体系。比如,沙叶新在《〈陈毅市长〉创作随想》一文中说:"假如寻找不出一适合该剧内容的良好结构,将如此众多的内容、繁复的情节有机地、巧妙地组织起来,那势必就会像'拉洋片'一样杂乱无章,于是我想到布莱希特的《第三帝国的恐惧和苦难》……"①从沙叶新的解释中,我们能体会到布氏戏剧理论所固有的一种优势,尤其是在戏剧观念僵化时,固定的结构和模式很难"体现生活的杂色",也很难打通隐秘的内心世界。因此,布莱希特的开放的戏剧结构能为话剧赢得更多的自由时空。

尽管"自由"的争取非常艰难,但突然的"松绑"反而会让

---

① 沙叶新. 《陈毅市长》创作随想 [N]. 文汇报,1980-8-1.

话剧在某个特定而短暂的时刻失重。面对西方不断涌入的形形色色的理论，中国话剧界也出现一些"饥不择食"的行为，消化不良也留下许多"后遗症"，这是戏剧前进必须付出的代价。在具体的剧作中也存在很多问题，为了剧目"新的面貌"，很多戏剧家就在形式上追新，仿佛有了新花样就很现代化，为了运用意识流而肢解了情节；为了戏剧的散文化而刻意淡化冲突等。这个问题不仅表现在话剧，在小说也有类似的状况，追新变为八十年代的一种时尚，从某种意义上讲，所谓的"新"，就是一些西方理论的影影绰绰。

与新时期以前的话剧相比，象征型话剧和荒诞型话剧在八十年代的收获比较大，像《野人》《绝对信号》等话剧就属于象征意味比较彰显的作品。其实，对象征的追求就是一种哲理思考的呈现，一种充满寓意话剧的生成。荒诞派戏剧也是戏剧舞台上重要的组成部分，只不过在中国的起步较为缓慢。1980年，由上海市工人文化宫业余话剧队创作演出了新时期的第一个带有荒诞特征的话剧《屋外有热流》，剧中所呈现出的象征主义、超现实主义都有对荒诞派的借鉴。《一个死者对生者的访问》《魔方》等都受到了西方荒诞派戏剧的影响，试图在荒诞中寻找永恒。剧中人物不再是具体的某个人，而是一种哲学意义上的"个人"的存在，或内化为一种符号的存在。当然，这些剧作表面形式的先锋并不能摆脱"古老"的内容，内在的主题意蕴依然是十分本土化的，借用象征或荒诞等艺术手段来再现现实。

在历经了多次的"碰撞"之后，戏剧观念开始从单一走向综合，从封闭走向开放。M·契诃夫曾说："如果将斯坦尼斯拉夫斯基、梅耶荷德这两个极端与相对来说较为温和的瓦赫坦戈夫的剧场性进行比较，我们终于相信：在戏剧中一切都是允许的，一切都是可能的。最后只是让我们选择，我们准备走哪条路。"①这三位大师都在不同理念下扩大了戏剧的外延，做出了不同寻常的成就。所以，不同的戏剧观还是殊途同归，最终的目的是体现真善美的理想，不是互相吞噬，而是彼此共荣。这次论争引向了对三大戏剧体系的重新审视，反思以前戏剧中单一的模式，从多维角度认识戏剧的本质和功能，包括如何借鉴西方现代主义戏剧以及如何把戏剧的民族化和本土化，使之最有效传神地表达出戏剧内在的韵味。

如果将这次大讨论放到一个"长时段"的范围内来考察，它的意义是不言自明的。大家都是朝着同一个方向努力，如同斯坦尼斯拉夫斯基和梅耶荷德最终在隧道的某个中间地段相遇。"不同戏剧观从壁垒分明到互相接近，走向综合，这是戏剧观从单一化转向多样化的必然发展趋向。但综合的结果并不是取消不同戏剧观的独立存在价值，而是在多样化的过程中各自也在得到丰富和发展。"②

---

① 童道明. 梅耶荷德论集 [C]. 上海：华东师范大学出版社，1994：45.
② 童道明. 从封闭到开放 [J]. 戏剧报，1986（11）：7.

结语:"开着许多窗子的一幢房子"

八十年代文学批评是当代文学批评史中最斑驳杂乱而又最生机勃勃的历史阶段,呈现出了相对的自足性与历史段落性。对这样一段有历史长度的文学批评进行研究,必须从考察其历史流向开始,因为没有历时的考察就不可能深刻地认识其逐渐变化的规律。"所谓历史,不过是历时态的人类社会实践,其本质是社会的,实践的。"[①] 马尔科姆·考利曾打过一个比喻:"文学评论——开着许多窗子的一幢房子"[②],如果说"十七年"及"文革"期间的文学批评是一幢开着很少窗子的房子,那么,八十年代的文学批评则是一幢开着许多窗子的房子。随着"窗子"的逐渐打开,八十年代文学批评出现了暂时眩晕的状态,不同的批评观念和批评主体群落之间呈现出较量的复杂态势。要想对这幢"房子"进行整体考察和细部打量,就必须从历时考察、批评的观念形态、批评主体群落以及批评对同期文学生产的影响入手,因为批评观念形态、批评主体群落、文学批评与文学生产之间的互动关系都

---

① 【匈】卢卡奇;杜章智,任立,燕宏远,译.历史与阶级意识 [M]. 北京:商务印书馆,1992:6.(译序)

② 【美】马尔科姆·考利. 文学评论——开着许多窗子的一幢房子 [J]. 外国文艺,1982(3).

是照亮房子内部的窗口，历史考察则是这幢房子的大门。

"不同时代有不同的文学批评观念和批评规范"①，二十世纪八十年代特有的历史流向营建了八十年代文学批评的过渡性、丰富性和独特性。七十年代末到八十年代初，面对"朦胧诗"的崛起和西方"现代派"的涌入，文学批评开始面对前所未有的变革要求与复杂的态势，不同理念的碰撞和不同批评群落的分歧也迅速构建了一个持续较量和博弈的格局。这时期由于国家意识形态进两步退一步地不断干预，批评在日渐高涨的同时也不得不出现了一个短暂的停顿。八十年代中期，西方批评理念的介入和国家进一步开放的合力，共同激活了文学批评的发展，逐步建构出一种八十年代特有的由文学变革要求为主导、由西方新批评观念为基础、一大批中青年文学批评家为主体的"青春体"批评的雏形。但是到了八十年代末，随着国内、国际形势的发展，社会氛围也发生了重大变化，八十年代文学批评的活跃、激荡与乐观，未能持续下去。

正因为八十年代文学批评走过了上述历史路程，因此，批评观念形态和批评主体群落便呈现出过渡与混合的趋势。表面上看，社会学批评的逐渐失效，文化心理批评的崛起，审美批评的逐步解放，形式批评的新发现等共同成就了八十年代文学批评观念形态，但实际上这些批评观念是在混沌和杂糅中逐渐走向自觉，在不断整合和重组中逐渐走向深化。正是这些交叉和混沌的批评观念营建了八十年代日渐蓬勃兴旺的文学批评，也为八十年代文学批评的亲历者留下了美好的回忆，因为一代青年批评家与旧的权

---

① 【美】勒内·韦勒克，奥斯汀·沃伦；刘象愚，等译. 文学理论[M]. 南京：江苏教育出版社，2005：35.

力话语、批评权威在对峙中壮大成长，而中老年批评家也经历了分化、裂变、坚持和妥协，批评主体的参与性与成长性在这段最富有戏剧性的历史中得到了最大程度的彰显。对于笔者来说，能够获得一段有效的距离来重新打量上述历史中的丰富内容，探究其各种要素的构成与功能特点就成了一种"意义的诱惑"。

八十年代文学批评的动荡不安和跌宕起伏隐藏着太多复杂的历史细节，从这些历史的细节中更能够映照出一段异常丰富和充满疑问的批评史。它充满漏洞，相反，却撑大了批评的空间，充满激情而感性的青春批评成了当代文学批评史上灿烂的华章，毕竟，"有热情，则批评的灵魂在；无热情，则批评的灵魂亡"①。如果说文学是人学，其实，批评也是人学。而且，它和文学一样是种种时代限制中的产物，"批评者根究一切，一切又不能超出他的经验"②。

尽管八十年代文学批评的某些命题已经退出历史的视野，但它却是完成了历史使命之后的退场。对历史的遗忘是不可取的，但一味地沉浸于那种激情的氛围，在怀旧中美化和夸大八十年代的文学批评也是不可取的，试图回到历史的"真实"是笔者努力的方向。"历史的真实性即在于，它已经发生过，而且还会以同样的方式在既定的轨道上运行下去。"③当然，本书试图还原历史真实性的努力只是一个初步的开始，诸多问题的进一步勘察还有待以后慢慢展开。

---

① 【法】蒂博代；赵坚，译. 六说文学批评 [M]. 北京：三联书店，2002：28.
② 李健吾. 咀华集·咀华二集 [M]. 上海：复旦大学出版社，2005：16.
③ 程光炜. 文学想像与文学国家——中国当代文学研究（1949-1976）[M]. 开封：河南大学出版社，2005：224.

后 记

面对这本书，唤起了我一个沉睡多年而又念念不忘的梦。十年一梦。这是写于十年前的博士论文，毕业后，由于忙于工作和孩子而疏忽了这个"孩子"，在好兄弟昌鹏的推荐和作家陈武先生的帮助下，这本小书才得以面世，在此表示深深的谢意。

八十年代是中国文学的黄金年代，虽然有些波折，但整体是繁茂的鲜绿，优秀的作品和评论不断问世，文学期刊的受宠也达到了一个高峰。我在浩瀚的评论中能感受到那种灼烫，却难以捕捉到她完整的模样，因此，始终有一些遗憾留在本书中。

该书的出版，我最想感谢的一个人就是恩师张清华先生，恩师帮我指点并修改论文的日子历历在目，这么多年来如在眼前。学生会永远刻记心间。那些煎熬的日子在后来慢慢升发出一种巨大的力量。恩师严谨的治学态度、深厚的学养和儒雅的为人是学生终生学习的榜样。

在博士论文开题的时候，北京师范大学文学院院长张健院长、张柠教授和李怡教授提出了宝贵的建议，拓宽了论文的写作思路。论文答辩时，北京大学的陈晓明教授、人民大学的程光炜教授、沈阳师范大学的孟繁华教授于百忙之中审阅了我的论文，给予了鼓励和指导，在此向诸位老师深表谢意。还要感谢同门好友曹霞和薛红云的不断鼓励和支持，陪我一起走过生命中难忘的时光。

最后我要特别感谢我家人的陪伴，我有一个幸福的原生家庭，善良正直的爸妈及两个哥哥一直对我呵护有加。我也有一个相亲相爱的小家庭，有一起走过27年的爱人和一个调皮可爱的8岁儿子。前几天清明节他参加了一个特种兵训练活动，在最后一天的上午，他走了20里山路，在爬完两个山头后得到了一杯山泉水作为奖励。然而，他品尝了一口后没再舍得喝，一直等到下午五点多我们接他时，他拿出来与爸妈一起分享，看着他干裂脱皮的嘴唇，我想我没有任何理由不热爱所面对的一切。

安静

2019年4月19日